Jürgen Lepszy
Geh Fahr!

Buch

Er hatte viel Zeit um nachzudenken, was er trotzdem nicht immer tat. In seinem fahrenden Wohnzimmer, dem Auto, verbrachte er gefühlsmäßig die meiste Zeit seines Lebens. Hier war sein Raum für Gedanken und Analysen was die Menschheit und die Welt betraf. Während er, zwischen Sonnenschein, Matsch, Nebel, Schnee, Stau und Geschwindigkeitsrausch, über die Lackfarben der Autos das Seelenleben der Menschheit zu analysieren versuchte, sponn er manche Gedanken dazu, löste das Energieproblem, erfuhr einiges über "Kakalaken-Züchter in China", lernte und haderte mit dem Weihnachtsprogramm und der Mautlösung, beleuchtete "Schilda" und genoss mehr oder weniger die Landschaften, Dörfer und Städte in unserem Land. Sein Wissen verfeinerte er zumeist am PC und tauchte ein in "unsere" skurrile Welt, erfuhr von der Geschichte "der heiligen Vorhaut Christ", nahm Anteil am Tod eines Aliens, erfuhr von einem jährlich ausgetragenen Onanierwettbewerb und anderen Tatsachen, die ihn in Staunen versetzten, aber auch an den Rand der Verzweiflung brachten.

Autor

Jürgen Lepszy, geb. 1966 in Villingen, jetzt Villingen-Schwenningen (so stand es in seinem Pass) und jetzt in Möhringen (Baden) lebend; arbeitet als Schornsteinfeger, zudem betrieb er seit mehreren Jahren eine Event-Agentur, wo er größtenteils ausländische Musiker nach Europa holte und Tourneen mit ihnen veranstaltete. In seiner Freizeit hatte das Schreiben schon immer einen hohen Stellenwert. Als Songschreiber hatte er für einige Künstler Texte verfasst, die manchmal sogar veröffentlicht wurden.

<u>Bei gefallen weiter empfehlen!</u>

1.Auflage 2015
Herstellung und Verlag:
BoD – Books on Demand, Norderstedt
ISBN 978-3-7322-9476-3
Foto Umschlag : Jürgen Lepszy

Jürgen Lepszy

Geh Fahr !

Zeitgeist Roman

Mit gemächlichen 80 Stundenkilometer bewegte sich sein Wagen auf einer Landstraße fort. Leichter Regen sammelte sich auf der Windschutzscheibe und wurde fortwährend durch die Wischer entfernt. Die Straße selbst war beinahe schon abgetrocknet. Nur links, rechts und mittig der Fahrspur war noch ein Stück Restfeuchtigkeit sichtbar. Als er zum Himmel sah wusste er nicht, ob sich die Wolken bewegten oder ob seine Fahrt diese Bewegungen so erschienen ließ. Der Gegenverkehr erinnerte ihn an eine nicht enden wollende Lichterkette. Ein Fahrzeug hatte das Licht an, das Zweite aus, das Dritte an, das Vierte aus, das Fünfte an und so weiter... Dieses Bild verknüpfte er mit einer Lichterkette, die vor vielen Jahren bei seinem Opa im Garten hing. Auch da waren nur "die Ungeraden" noch intakt gewesen, das schien aber damals niemanden gestört zu haben. Er hatte nur dieses eine Bild im Kopf und war sich sicher dass weder der Opa noch später sein Vater irgendwann an den Birnen herum geschraubt hätte, um die Ausgefallenen zu ersetzen.
Seltsamerweise bemerkte er, dass sich die jetzige Situation schwarz-weiß in seinem Kopf dargestellt hatte, gleich seiner kurzen Erinnerung an früher. Er lachte innerlich, denn einen großen Unterschied zwischen schwarz, was eigentlich eher grau war, und weiß und dem heutigen Wetter gab es nicht. Wären links und rechts am Straßenrand nicht die Bäume und Sträucher gewesen und zwischen den schwarzen und grauen Autos nicht manchmal doch ein farbiges, dann

könnte man schon das Gefühl haben in einen Schwarzweißfilm gerutscht zu sein. Auch die nun vor ihm erscheinenden Häuser waren weiß mit grauen Ziegeln. Nur sehr zögerlich kam wieder Farbe ins Spiel, angefangen mit einer bläulich leuchtenden Tankstelle. Aus den Augenwinkeln betrachtete er das rege Treiben an den Zapfsäulen. Kurz darauf folgten neuere Industriegebäude, alle mit wunderschönem Sichtbeton gestaltet. Er überlegte kurz, ob man später mal in die Städte gehen würde, um sich Sichtbetonbauten anzuschauen, ähnlich wie man es heute in Altstädten gerne mit Fachwerkbauten tat. Die farblichen Highlights in dieser Gegend waren die angebrachten Verkehrsschilder. Vorfahrtsstraße in weiß-gelb, Ortsschild gelb-schwarz und eine Bushaltestelle in gelb-grün. Dass die Straße eine Kurve machte wurde in rot-weiß-schwarz dargestellt. Irgendwie war er froh, dass er diese kleine Stadt nur streifte und die Herbstfarben doch ein wenig mehr zu bieten hatten. Er fuhr nun längere Zeit auf einer Landstraße, die links und rechts abwechselnd, Wald, Äcker, Wiesen und Sträucher präsentierte. Aus dieser Tristesse heraus, der manchmal aufkommenden Langeweile des Autofahrens, machte er sich einen Spaß daraus die Farben der entgegenkommenden Autos genauer zu studieren. Grau, blau, grau, LKW blau, grau, grau, weiß, weiß, blau, grau, LKW orange, LKW rot, grau, weiß, weiß, grau, weiß, grün, weiß, grau, blau, grau, grau, gelb, grau, rot, grau, LKW weiß, grau, grau, schwarz. Es war schockierend. Die buntesten Farben alle Karossen trugen die LKWs.

Natürlich gab es verschiedene Arten Grau, dunkle und helle, manche sagen auch Silber dazu oder Delfingrau, Lavagrau, Lichtsilber, Mineralgraumetallic, Akoyasilber, Kaschmirsilber; Stratusgrau, Mondsteinmetallic, Dolomitgrau usw.

"Gedankliche Aufzeichnung 1"

Grau-Silber: IIIII IIIII IIII
Blau: III
Weiß: IIIII I
Grün: I
Gelb: I
Rot: I
Schwarz: I

Vielleicht lag es am Landkreis und er beschloss dieses Experiment nochmals an anderer Stelle durchzuführen. Der Einzug der Dämmerung schien die Lichterkette repariert zu haben, denn nun strahlten ihn alle entgegenkommende Fahrzeuge an. Auch der Regen wurde wieder stärker. Es war eine große Freude links und rechts der Straße nun sattes Grün zu sehen. Teilweise hatten die Bäume schon jede Menge Laub verloren und sahen wie skelettiert aus. Der Wind nahm zu. Die Blätter der Bäume und Sträucher zitterten bis sie schließlich doch irgendwann zu Boden fielen. Die abgeernteten Maisfelder erschienen ihm wie Bartstoppeln. Nicht dass er glaubte, dass Mutter Erde einen Bart hätte, aber ein kurzes witziges Bild jener Vorstellung, zauberte ihm ein Lachen ins Gesicht. Ein bunter

Mischwald erfreute für einen kurzen Augenblick sein Gemüt. Die nächste kleine Ortschaft lag vor ihm. Er brauchte keine 2 Minuten um diese zu durchfahren. Die Landschaft ändert sich kaum. Das Einzige was ihm auffiel waren große Felder mit gelben Blüten. "Das muss Raps sein", vermutete er. Da nichts weiteres auf dieser Straße passierte, begann er wieder Autofarben zu studieren. Er musste eine Weile warten bis ihm das erste graue Auto entgegen kam. Es war wirklich das erste Auto! Dann folgte LKW weiß, schwarz, grün, schwarz oder dunkelblau, LKW rot, weiß, LKW rot, blau, schwarz, rot, LKW weiß, blau, LKW weiß, weiß, grau, schwarz, grau, grün, schwarz, grün, weiß und weiß.

"Gedankliche Aufzeichnung 2"

Grau-Silber: III
Blau: II
Weiß: IIII
Grün: III
Gelb: -
Rot: I
Schwarz: IIII

Schnell verlor er die Lust an seiner gerade erst begonnenen Diplomarbeit. Er wollte irgendwann einen Kundenparkplatz einer großen Handelskette diesbezüglich untersuchen. Währenddessen überholte ihn ein silberner Sportwagen. In der nächsten Ortschaft sah er nicht einen Menschen, außer Hannes Wader, der als Plakat an einem Zaun hing. Vor ihm war nun ein LKW

aufgetaucht mit der Farbe Blau. Er musste seine Geschwindigkeit drosseln und hatte plötzlich noch mehr Zeit, oder weniger! Ein weiterer silberner PKW überholte ihn um hinter dem LKW wieder einzuscheren. Das Autofahren war trotzdem noch zu schnell um wirkliche Eindrücke über die Landschaft gewinnen zu können. Vor einem Kreisverkehr fuhr er über weiß lackierte, leicht erhöhte, Querlinien auf dem Fahrbahnbelag. Das holperte mehrmals und diente wohl dazu die Geschwindigkeit vor der Einfahrt in den Kreisel zu drosseln. Sofort kam ihm der Song "Whole lotta Rosie" von AC/DC in den Sinn. Da-da -da-da-da-da-da, genau so musste wohl dieser Song entstanden sein. Bon Scott fuhr mit seinem Auto wohl damals noch zu Lebzeiten über die Straßen und wohl auch über so einen Tempoverringerungsquerstreifen.
Da war er der Gitarrenriff zu "Whole lotta Rosie": "Da-da-da-da-da-da-da" und er fing wohl noch im Auto an diesen Hit, zumindest gedanklich, zu komponieren. Es kann viel auf der Straße passieren. Wahrscheinlich ist auch Wolfgang Fierek 10 km hinter einem Traktor gefahren, gefühlte 10 km schnell. Das fällt selbst einen gemütlichen Harley Davidson Fahrer mitunter schwer. Man fängt vielleicht auch zu halluzinieren an und sieht eine schöne junge Frau auf dem Kotflügel eines Traktors. Vielleicht war das der Ursprung von: "Resi ich hol Dich mit dem Traktor ab". Später erfuhr er zwar dass Hanne Haller mit Bernd Meinungen den Text und die Melodie gemacht hatte und nicht Wolfgang Fierek, verborgen blieb ihm allerdings, ob

wenigstens einer der beiden jemals eine Harley besessen hatte. Zwischenzeitlich träumte er sich situationsbedingt ins Weltall, wo er quasi in oder auch hinter einem Traktorstrahl gefangen war. Da es in der Wissenschaft und Technik keinerlei theoretische oder gar praktische Möglichkeit zur Erzeugung von Traktorstrahlen gab, konnte er sich daraus dann doch schnell, per Blinker setzen und einfachem Überholen, befreien.
Seine Fahrt ging weiter durch einige kleine Ortschaften und das Abendrot setzte ein. Das am Horizont sichtbare Rot war eine Mischung aus Blau Grau und Orange (Orange-Rot). Es war ein feiner Streifen in dem die Wolken wie kyrillische Schriften aussahen. Die Landschaft füllte sich langsam einheitlich in schwarz wie auch der Rest des Himmels bis auf den kleinen Strich Abendrot. Ihm kam der Gedanke, dass der liebe Gott mit einer großen Farbwalze gerade begann den Himmel frisch zu streichen und bei dieser Arbeit unverhofft gestört wurde. Wenn Gott gerufen wurde, dann musste er auch schnell, wenn nicht sofort da sein. Das verlangten die Leute von ihm. Er war sich hinter dem Lenkrad sicher, dass Gott auch heute noch oft genug gerufen wird. Alsbald hatte sich das obere Schwarz mit dem Abendrotstreifen vermischt und die Schwerkraft tat wohl ihre Pflicht und zog das obere Schwarz über das (Orange)-Rot in das untere Schwarz. "Feierabend lieber Tag, es ist Nacht", sagte er in Richtung des vor ihm liegenden Horizonts, der vor lauter Dunkelheit nicht mehr zu sehen war.

****

Am nächsten Morgen zeigte der Außenthermostat -2 Grad an. Ringsherum war eine graue Suppe und vor ihm fuhr ein grauer Golf. Langsam wurde es behaglich in seinem Auto denn die Heizung spendete die erste Wärme. Er fuhr wieder auf einer Landstraße und haderte mit seinem Schicksal, denn der nächste Winter lag noch komplett vor ihm. Er mochte den Winter nur auf Postkarten dargestellt oder hinter der richtigen Seite des Fensters. Eine Ortschaft weiter, gespickt mit Bäckereien, Casinos und Haarstudios, träumte er sich schon in das Frühjahr. Dann wenn die ersten warmen Sonnenstrahlen wieder aus der richtigen Richtung kommen, im Rücken des Winters der Lenz neues Leben erweckt und die aufeinanderfolgenden Tage den Sommer vor sich hertreiben bis zu seiner Ankunft, ja dann........ Das hatte schon ein anderes Flair als das Heute oder wohl auch die folgenden Morgen, die man in Monaten zählen konnte.

Hier, also im noch weit vor ihm liegenden Frühjahr, spürte er jedes Mal ein Aufatmen. Unzählige schöne Tage würden vor ihm liegen. Allein die Hoffnung zählt, denn oftmals waren auch unsere Sommer sehr bescheiden und durchwachsen.

Als Sommertag galt allgemein ein Tag der 25 Grad plus oder mehr erreichte. Im Jahr 2012 gab es in Baden-Württemberg 63 Sommertage, davon waren 25 Hitzetage. Im nördlichsten Bundesland Schleswig Holstein gab es "nur"
25 Sommertage, davon waren 5 Hitzetage.
Ein "Hitzetag" wurde der Tag genannt, an dem das Thermometer über 30 Grad stieg. 63

Sommertage hieß aber vor allem 302 "Nicht-Sommer-Tage" und das war der Knackpunkt. Er hatte wirklich mehr als einen Grund mit dem Wetter zu hadern, er hatte genau zirka 302 Gründe dafür. Ein Bericht aus dem Jahr 2008 hatte ihn hoffen lassen, dass alles bald besser wird. Die Welt schrieb am 16. April 2008 in großen Lettern:
"Zahl der Sommertage wird sich verdoppeln!"
Das war seine Schlagzeile, die Welt musste seine Gebete nun endlich erhört haben.
" *Berlin* - Dürren im Sommer und Hochwasser im Winter: Nach langfristigen Prognosen des Deutschen Wetterdienstes (DWD) muss sich Deutschland in den kommenden 100 Jahren auf erhebliche Klimaveränderungen einstellen... und etwas weiter unten fand er eine weitere These zu diesem Thema die da lautete:"....In Teilen Süddeutschlands sei bis 2100 gar eine Verdoppelung auf über 80 Sommertage und über 60 heiße Tage möglich, hieß es......
Er begann zu rechnen: 2012 waren es 63 Sommertage und ginge man von einer Verdopplung aus läge er schon bei angenehmen 126 Sonnentagen!!!!!
Die Verdopplung laut DWD (Deutscher Wetter Dienst) war die Aussicht bis in das Jahr 2100 und der Schnitt der Sommertage lag wohl eher niedriger.
Verdoppelte sich das Ganze nun vom Beginn des Artikels bis 2100 oder schrittweise und wenn ja in welchen Schritten?
Am liebsten wäre es ihm natürlich, bei dieser bescheidenen Aussicht von 80 Sommertagen,

dass die Verdopplung sofort, ab dem nächsten Sommer, stattfinden würde. Ansonsten hatte er wohl davon nicht mehr sehr viel, denn bei seinem jetzigen Alter würde er es wohl gerade bis maximal in das Jahr 2066 schaffen, vorausgesetzt er würde 100 Jahre alt werden.
Allerdings räumte er ein, dass er vielleicht im höheren Alter nicht mehr so viel Hitze vertragen könne und überlies dann doch alles weitere dem Wetter, dem er eh nichts entgegenzusetzen hatte, DWD, DMG, ESTOFEX oder EWB zum Trotze.
In diesem Zusammenhang bezüglich Wetter fiel ihm wieder eine nette Episode ein.
Er hatte irgendwann die Wolken und deren verschiedenen Arten in der Schule lernen müssen. Er wollte seine Sache besonders gut machen und stöberte alles auf, was mit dem Thema zu tun hatte.
Doch je weiter er in die Allwissenheit der "Wolkiologie" vordrang umso suspekter wurde ihm vieles.
Da gab es zum Beispiel eine Wolke mit dem schönen Namen "Fibratus". Bitte schön, wer nennt eine Wolke denn Fibratus? In Gedanken erdachte er sich ein dazu passendes Wolkenbild und musste sich vor lauter Lachen die Stirn halten. Man stelle sich vor auf der Autobahn A100 in Berlin fahren am Tag ca. 165.000 Fahrzeuge darunter sagen wir 50% Frauen und vorne am Horizont erscheint Fibratus!
Was für eine Szene!!!
Dann stellte er sich vor wie er als Junge, auf dem Rücksitz, sein erworbenes Wissen den Eltern mitteilen wollte und lauthals rief: "Schaut da

vorne am Himmel lauter Fibratusen"!!!! Die Mutter würde entsetzt schauen und der Vater würde versuchen ihm zu erklären das die Mehrzahl von Vibrator nicht "Vibratusen" heißen würde sondern Vibratoren. Das V und F war ja sprachtechnisch nicht immer direkt zu unterscheiden. Natürlich würden die Eltern sofort versuchen das Thema zu wechseln, allerdings nicht ohne die Ermahnung dass solche Sachen in seinem Alter noch nichts für ihn wären.
Eine weitere Wolkenart hieß Floccus und das wäre zwar auch ein witziges Wolkenbild, mit etwas Phantasie, aber erklären würde er es sicher niemanden mehr.
Übrigens gibt es ganz viele Mutterwolken aber keine Vaterwolken, soviel glaubte er noch zu wissen.
Seine Gedanken wanderten wieder zurück, nach vorne, zum nächsten Sommer.
Ein Sommer konnte nie zu heiß sein, ein Winter war immer zu kalt.
Sommer ist, wenn die Sonnenstrahlen außen heißer sind als die voll aufgedrehte Heizung im Inneren des Fahrzeuges!!!
Nächstes Jahr würde er dann auch tatsächlich das Alles verwirklichen, was er sich schon vor 2, 3 oder 4 Jahren vorgenommen hatte.
Er würde im Garten einen Teich graben, einen festen Grill mauern und eine schöne Statue kaufen.
Der Sommer war so einfach. Unterhose an, Hose an, T-Shirt an und raus. Alles andere war erhöhter Aufwand.

In der jetzigen Jahreszeit hieß es: Unterhose an, Unterhemd an, Socken an, Hose an, Pullover und Jacke an (zzgl. Schal, Handschuhe, Mütze und natürlich zwingend Schuhe), um dann später festzustellen, dass es mit der Jacke zu heiß und ohne sie zu kalt war.
Morgens frostig, mittags temperierter, abends frostig oder nur frostig oder nur zu mild für die Jahreszeit. Man könnte hier manchmal bestimmt 8-mal die Kleidung den Wetterverhältnissen anpassen. Wieder legten sich Bilder seiner Kindheit in den Kopf und auch hier musste er ab der Szene grinsen, verspürte aber auch ein gewisses Mitleid mit den Eltern der Welt, die nicht 365 Tage im Jahr Sommer hatten.
Wie war das noch?
Endlich fiel mal ordentlich Schnee und als Kind wollte man unbedingt raus um Schlitten zu fahren, einen Schneemann zu bauen oder gar ein Iglu. Meist presste ihn die Mutter in eine Unzahl von Textilien inkl. langer Unterhose und Schneeanzug. Das ganze Prozedere dauerte 20 Minuten und anschließend ging es in den herbeigesehnten Schnee. Keine 20 Minuten später stand man völlig erfroren, weil durchnässt, vor der Terrassentüre und bat um Einlass. Schlimmer war noch, man bat nicht um Einlass sondern stapfte schneegetränkt einfach quer durch die Wohnung.
Nach Geschrei oder nicht Geschrei wurde das Kind wieder knappe 20 Minuten ausgewickelt, ohne die dazukommende Trocknungsphase der Kleidungsstücke mit einzuberechnen.

Der nächste Morgen brachte dann den ersten Schnee und er ärgerte sich über den unangemeldeten Streik des Straßenräumdienst. Weit und breit war Schnee zu sehen und das war ein Zeichen dafür, dass der Schneepflugfahrer wichtigeres zu tun hatte als seine Arbeit zu verrichten.
Also fuhr er langsam, aber dennoch leicht schleudernd und schlingernd, die Straße hinab. Nach wenigen Kilometern musste er sich eingestehen, dass er dem hiesigen Schneeräumfahrer wohl Unrecht getan hatte, zumindest was den Streik anging. Es musste etwas viel gravierenderes gewesen sein, ein Unglücks- oder gar Todesfall vielleicht, denn die kollektive Arbeitsniederlegung war es sicher nicht, da ab sofort die von ihm befahrene Straße "frei" war.
Vielleicht war der Räumdienst hier auch in einer anderen "Schneeschiebergewerkschaft" wie der im Ort ansässige. Er wusste nicht, ob es da verschiedene Gewerkschaften gab, konnte es aber irgendwie instinktiv fast ausschließen.
Er hatte es nie verstanden, dass er jeden Tag raus musste und immer von dem "gut Dünken" der Gemeinde, Bund oder Land oder einfach dem Pflugfahrer ausgesetzt war.
Er zahlte schließlich keine Steuern für den Schnee, sondern für dessen Räumung unabhängig der Tages- oder Nachtzeit.
 Selbst war er recht penibel zuhause, denn wenn Schnee da war, wenn es glatt war, wurde geräumt und gestreut! Es war ihm vollkommen wurscht ob man salzen durfte oder nicht. Das kannte er doch

von seiner Autofahrerei. Salz bedeutete mehr Sicherheit und wenn nicht schon durchgängig auf den Straßen, dann in jedem Fall durchgängig vor seiner Haustüre. Es war tatsächlich so, und das konnte er mit einhundert prozentiger Sicherheit sagen, dass Salz nicht schadete. Seine Rosen am Gehweg erblühten jedes Jahr, ebenso alle anderen Pflanzen am Wegesrand.

Rechter Hand seiner Route befand sich eine Stadt in einem Tal eingebettet. Auf der Umfahrung waren nicht viele Autos unterwegs und er war nun kurz vor der Einfahrt in einen Tunnel. Da wollte er doch gleich mal herausfinden wer sein Licht vergessen hatte anzuschalten. Der zirka 2 km lange Tunnel war gut beleuchtet und so vermutete er, dass auch dieses Mal ein paar "Schlafmützen" ohne Licht unterwegs sein würden. Vor ihm fuhren 4 Fahrzeuge, alle mit Licht und auch der Gegenverkehr war zu 100% folgsam. Er dachte immer "Licht ist Pflicht" in jedem Tunnel, las aber dann irgendwann später, dass ein Tunnel nur dann ein Tunnel ist, wenn an dessen Eingang das Zeichen 327 hängt.

Das 327 erkennt man daran das es quadratisch ist, einen blauen Rahmen hat und auf weißem Grund ein schwarzer Tunnel gezeichnet ist. Spontan sang er in abgewandelter Form den Grönemeyer Song "Männer" wie folgt: "Wann ist ein Tunnel ein Tunnel", Wann ist ein Tunnel ein Tuneehel, wann ist ein Tunnel ein Tunähähääääääl...........

Die große klassische Frage der Philosophie "Wer bin ich" hatte nun auch die Tunnel erreicht.

"Hängt vor dir `ne 327
bist Du ein Tunnel,
so steht`s geschrieben.
Hängt Dir aber nichts davor,
bist und bleibst Du
nur ein großes Tor", reimte er kurzerhand.

Er wusste dass der Philosoph René Descartes ja
bekanntlich das Cogito-Argument vertrat:

1. Ich denke (lateinisch: *cogito*).
2. Wenn ich denke, dann existiert der Träger
dieses Gedankens.
3. Ich bin der Träger dieses Gedankens.
Also existiere ich (*ergo sum*).
Ergo sum, da Tunnel nicht denken konnten,
hatten sich auch alle weiteren Fragen zum
Befinden der Tunnel oder Nicht-Tunnel erledigt.

Eine weiße Hinweistafel mit dem Text "Licht
einschalten" ist genaugenommen nur eine
Empfehlung, das wusste er nun darüber hinaus,
allerdings halt noch nicht zu diesem Zeitpunkt.
Jedenfalls gab er später nur noch dem "blinden"
Gegenverkehr die Lichthupe, der sich tatsächlich
im Objekt 327 befand.
Nahezu allwissend ließ er nun das Licht des
Öfteren mal einfach aus, gegen seine bisherige
Gewohnheit, allerdings tat er das nur in "Nicht
327 Objekten".
Es war ein großer Spaß sein neues Wissen von da
an einzusetzen, und so ignorierte er die
Lichthupen, als er in Tunnel einfuhr die gar keine
Tunnel waren.

****

Er verbrachte immer viel Zeit im Auto, fuhr lange Strecken und hatte somit auch immer viel Zeit nachzudenken.
Wenn er weniger dachte schaute er mehr, mehr oder weniger war dieses Schauen nur das Erhaschen kurzer Bildfolgen. Eine genaue Betrachtung benötigte vieles mehr.
Das intensive Betrachten einer oder mehrerer Situationen und Bilder gelang ihm immer beim Wandern.
Wandern, das war ergiebig!
Und das Ergiebigste daran war das Wandern ohne Zeitdruck.
Kein Druck zu verspüren von A nach B kommen zu müssen bedeutete, man konnte stehen oder sitzen bleiben so lang man wollte und solange es gefiel.
Man bestimmte den Rhythmus wirklich selber.
Das Autofahren war an Straßen gebunden und man war fast immer im Vorwärtsgang, gedrängt von Zeit und den dahinter Fahrenden.
Nur Stau oder Ampelphasen bremsten den Vorwärtstrieb, wobei hier "das Stehen bleiben" als sehr blöd und ärgerlich empfunden wurde.
Auch Fahrradfahren war für ihn ein zielorientiertes Unterfangen, was er nicht so recht begreifen wollte, es sei denn, es würde dem Einzelnen ausschließlich um Fitness gehen.
 Wie oft war er schon gewandert und an schönen Plätzen gestrandet und nahm sich die Zeit für das jeweilige Dorado.

Das Dorado ist ein Gebiet, das jemandem ideale Voraussetzungen und Entfaltungsmöglichkeiten für seine Lieblingsbeschäftigung bietet und er konnte sich unheimlich gut im nichts Tun und beobachten entfalten. Wie oft sind Radfahrer einfach an den Dorados vorbei gefahren ohne diese auch nur mit einem Blick zu erhaschen. Bei diesem Freizeitsport gab es zumeist die selbst auferlegte Vorgabe von A über B nach C zu kommen. Das konnte einem natürlich beim Wandern auch passieren, denn es gibt bekanntlich ja auch Wanderrouten. Bei ihm jedoch war wandern meistens etwas völlig anderes. Wenn ihm ein Platz gefiel, dann blieb er auch bei diesem bis er das Gefühl hatte weiter gehen zu müssen oder umzudrehen. Die Zeit spielte eine sehr untergeordnete Rolle dabei. Ihm war es schon passiert, dass er 5 Minuten wanderte und erheblich später eben diese 5 Minuten wieder zurück an seinen Ausgangspunkt ging. Die Zeit zwischen der Wanderung verbrachte er total entspannt in einer Landschaft, die es verdient hatte so betrachtet zu werden wie er es tat. Es war ja nicht nur das Betrachten es war das Atmen, das Tasten und das Warten dass irgendwo in diesem Bild etwas passiert. Das war seine Art von Tiefenentspannung, das war seine Freiheit. Doch wie so oft war Zeit ein knappes Gut und Zeit inklusive dieser Freiheit war vielleicht heutzutage eins der kostbarsten Güter, die wir haben. Es ist so kostbar, dass es sich die meisten fast nicht mehr leisten können, obwohl es eigentlich ein kostenloses Vergnügen war. Neben der Zeitlosigkeit, die auch ihn schon voll ergriffen

hatte gab er auch dem Fernseher eine Mitschuld daran, dass die Ausflüge in die freie Natur immer weniger wurden. Es war einfach bequem von Ton und Bild berieselt zu werden mit Geschichten, die so eigentlich gar nicht mal sein Geschmack waren. Doch wie so inhaltlich dumm das Fernsehen geworden war, es gehörte mittlerweile so stark zum Alltag wie das Essen oder Duschen. Er vermutete sogar, dass die meisten Menschen jeden Tag fernsehen, doch viele davon täglich wohl eher nicht duschen würden. Es gab eine Reihe von neuen Göttern, manche trugen ein Kochgewand. Die einzige Verbindung zwischen Gott und den Messias Köchen waren nicht einmal die Sterne. Natürlich waren auch Retter unter ihnen, denn sie verhalfen gescheiterten Gastronomen manchmal zu neuem Erfolg. Dazu las er allerdings auf www.shortnews.de folgendes mit der Überschrift: Von wegen gerettet: Restaurants nach Besuch von Christian Rach oftmals pleite. Der Bericht ging wie folgt weiter: Oftmals sieht es bei "Rach - Der Restauranttester" so aus, als ob Christian Rach (54) die meisten von der Pleite bedrohten Restaurants vor dem Ruin retten kann. Jetzt kam jedoch heraus, dass insgesamt 27 von 50 Restaurants nach seinem Besuch "Pleite gingen" oder den Besitzer wechselten.
Guido Kattwinkel (43) vom Restaurant "Cooks" in Borgholzhausen in Nordrheinwestfalen beschwerte sich sogar, dass Rach während seines Hilfe-Versuchs im "Cooks" mit zwei Flaschen Champagner seinen Geburtstag feierte. Die Produktionsfirma stellte dem Lokal am Ende den

Alkohol in Rechnung.
"Und die Produktionsleute, so acht bis zehn Mann, haben den ganzen Tag bei uns gegessen und getrunken. Dafür wollte ich eigentlich 12 Euro pro Person. Aber die Produktionsfirma gab mir nur drei", ärgerte er sich weiter. Es blieb seiner Meinung nach allerdings doch eine respektable Erfolgsquote von fast 50%, immerhin!
Andere retteten so manche Hausfrau, die bisher selbst das Wasser im Topf hatten anbrennen lassen. Ob diese Sendungen allerdings ein Motivationsschub waren, für die bisher in der Küche untalentierten und untätigen Frauen, das konnte getrost bezweifelt werden. Ihm hatte immer Alfred Biolek gefallen. Zu fast jedem Gericht musste er einen guten Wein aufmachen, den er im Zentiliter Bereich in das Essen goss um den Rest der Flasche während oder nach der Sendung zu sich zu nehmen. Das war mal: "Kochen mit Weitsicht!" Zu den illustren Kochmannschaften und Gastronomie-Rettern hatten sich auch eine stattliche Anzahl Richter und Richterinnen in das Programm geschlichen. Ach ja, es gab ja auch die Richter, die am Ende einer Kochsendung über die verschiedenen Gerichte richteten. Gedanklich zurückgekehrt zu den richtigen Fernsehrichtern und deren Fälle, die sie jeden Tag beackerten, hatte er sehr schnell das Gefühl, dass die Menschheit hier in Deutschland wohl doch noch in irgendwelchen Bretterbuden hausen musste oder sogar noch auf Bäumen lebt und mit Keule bewaffnet war. Auch bei den Kindern hat man es zumeist vorgezogen

sprechende Schwämme oder breitköpfige animierte Zeichentrickfiguren als ihre Helden zu präsentieren. Gegen all den Schwachsinn war die Lindenstraße schon fast das Authentischste in der ganzen Flimmerkiste. Bei all den Schicksalsschlägen, die die Personen in der Lindenstraße schon einstecken mussten, vermutet er, dass diese Personen alle eher schon erhängt im Speicher hängen mussten, als hinter der Mattscheibe noch zu spielen. Dass dem aber nicht so war, war ein sicheres Indiz dafür, dass auch diese Serie nichts mit der Realität zu tun hatte. Selbst an Weihnachten hatte sich das Bild verändert. Wo früher rührende Geschichten einen so richtig auf Weihnachten einstimmen konnten, folgt heute eine Santa Claus Verarschung nach der anderen, oftmals mit dem Hintergrund witzig sein zu müssen. "Hey Leute Weihnachten ist nicht zwingend witzig!", hörte er sich laut in das Innere seines Fahrzeugs rufen. Karneval ist witzig und hat kein Streben nach Höherem! Es gab sogar einen Sender, der schicke irgendwelche "Marvel-Helden" zur besten Sendezeit zu Weihnachten in die Wohnzimmer. Das war wahrscheinlich für die, die Weihnachten schon längst überdrüssig waren oder für diese zehn Prozent, die nicht mal wussten, warum Weihnachten gefeiert wird. Er hatte sich mittlerweile angewöhnt die interessanten Sendungen in seiner Fernsehzeitung mit einem Neonmarker zu markieren. Zum überwiegenden Teil blieben die Seiten allerdings "ungemarkert". Wenn ihm etwas interessant erschien dann waren es zumeist Sendungen ab 22 Uhr oder noch später. Dort konnte man doch tatsächlich auch mal Filme, die einen Tick anspruchsvoller waren anschauen. Daheim angekommen schaute er auf das Programm des 23. Dezember 20 Uhr 15 und stolperte sofort über die Geissens - eine schrecklich glamouröse Familie. Ihm ging das sowas von am Arsch vorbei ob Millionär Robert mit Gattin und Kindern ein Advent Wochenende in New York verbringen würde oder nicht. Allein der Familienfilm im ZDF mit dem Titel: "Obendrüber, da schneit es", war Grund genug nicht einmal die Inhaltsangabe des Films zu lesen. Pro7 schaffte wenigstens zur besten Sendezeit "Die Simpsons" laufen zu lassen. Er hatte sich "Disneys- eine Weihnachtsgeschichte" angemarkert. Furchtbar gespannt war er auf den Heiligabend und da war dieses Programm doch gar nicht so schlecht und das selbst tagsüber. Musste man sich sonst mit verbotene Liebe, Sturm der Liebe, Topf Geld Jäger, die Trovatos-Detektive decken auf, Anwalt im Einsatz, der Trödeltrupp - das Geld liegt im Keller, Shopping Queen, die Küchenschlacht, Familien im Brennpunkt, rote Rosen, Richterin Barbara Salesch (Gericht Show von 1999) und Richter Alexander Hold (Gericht Show von 2001) und X Diaries-Love, Sun & Fun beglücken; so war doch wenigstens an den Weihnachtsfeiertagen der Baron Münchhausen mit Jan Josef Liefers oder Pippi Langstrumpf oder Michel von Lönneberga oder sogar Heidi im Vormittags- und Mittagsprogramm. Wenn auch viele dieser älteren Filme einfach gestrickt waren, so waren sie wenigstens anrührend und in irgendeiner Form noch menschlich. Man konnte natürlich darüber streiten, ob die Fantastic Four und der Jäger des verlorenen Schatzes oder der Heiligabend mit Carmen Nebel ins Weihnachtsprogramm gehörten aber es gab zumindest schöne Alternativen wie "Das letzte Einhorn", "Die Geister die ich rief", "Der müde Theodor" mit Heinz Erhardt oder Pfarrer Braun. Auf ZDF Neo war 18 Uhr 40 Momo angekündigt. N 24 hatte auch ein sehr passendes Thema: "Die geheimen UFO Akten- Besuch aus dem All". Irgendwie hatten sie ja recht die N 24 Programmgestalter, denn alles was sich um Weihnachten dreht kommt ja zumindest irgendwie vom Himmel. Verwunderlich war nur, dass im Anschluss sofort der Film "Flucht von der Erde" gezeigt wurde. War das die Heimkehr der Außerirdischen, die uns nur einmal im Jahr besuchten und das immer am 24. Dezember? Hatten sich die Aliens ein Spaß mit uns und Weihnachten erlaubt? War unser Weihnachten nur ihr Karneval? Er glaube einfach, dass die Menschen, die Staatsmänner und auch die Programmgestaltung der Sender nicht mehr weihnachtstauglich waren. N-TV brachte das härteste Bootcamp der Welt und im Anschluss illegale Straßenrennen. ZDF Kultur brachte ab 18 Uhr nur Konzertaufzeichnungen von dem Wacken Festival 2013, eine Weihnachten sehr nahestehenden Veranstaltung. Da würde er dem wohl "drei Haselnüsse für Aschenbrödel", das Wunder der Schwefelhölzern und sogar die Schneekönigin vorziehen. Wenn er Dreck anschauen wollte hatte er ja noch das ganze restliche Jahr Zeit. In jedem Fall würde sein Fernsehzeitschriftenmarker bei der Programmauswahl noch Jahre lang halten. Sollte jedoch das Fernsehprogramm in irgendeiner Weise ein Spiegelbild unsere Gesellschaft sein, dann sah er schwarz. Glaubten die Menschen an das Fernsehen? War es für sie realistisch? Man musste es fast glauben, denn eine gehörige Portion Dummheit ließ das Leben ja schon erkennen. Neben dem Fernseher dokumentierte das auch manche Zeitungen und Gespräche, die er ab und zu führte und - nicht mehr ganz neuerdings, auch das Internet. Insgesamt war die Entwicklung des Menschen unglaublich. Ein plötzlicher Fahrspurwechsel lenkte ihn von seinen Gedanken ab. Vor ihm fuhr nun ein Aldi Laster. Aldi, das ist für den Menschen schon fast "Götterspeise". Wo konnte man billiger einkaufen als bei Aldi? Diese unbewiesene Tatsache hatte sich zumeist in den Frauenköpfen manifestiert. Er hatte es Woche für Woche bewiesen, dass dieses nicht so ist. Er zog durch alle Läden und kaufte die von ihm benötigten Produkte ein. Natürlich musste er manchmal in die unteren Regale greifen, um günstige Produkte zu erhaschen, aber es gab sie und das in jedem Einkaufsladen egal welchen Namen er trug. Und selbst wenn er sich mal gehen ließ und in den vermeintlich teuren Läden nicht auf jeden Preis schaute war der wöchentliche Einkauf im Schnitt vielleicht 5 bis 15 Euro teurer. Na klar, wenn man auf jeden Cent schauen muss, dann musste man halt in die unteren Regale greifen. Für ihn war das Wechseln der Lebensmittelgeschäfte einfach eine Abwechslung und ein Stück der großen Freiheit, einfach der Produktvielfalt wegen. Er musste nochmals los, startete den Wagen und fand sich bald wieder auf der mittleren Spur der Autobahn. Auf der mittleren Spur überholten ebenfalls verschiedene Fahrzeuge die LKWs die rechts gemächlich, jedoch unter Volldampf, ihrem Etappenziel entgegen fuhren. Mittlere Spur, 120 km schnell, da konnte man locker nebenher die Diplom Arbeit fortführen. Zweimal Silber hatten ihn bereits links überholt. Nun überholte er einen schwarzen BMW dann wurde er von einem weißen BMW überholt, ferner überholte ihn ein schwarzer SUV und ein silberner BMW. Die weiteren Farben der Überholten und Überholenden waren wie folgt: schwarz, silber, blau, grau und hinter ihm noch ein Graues, das fast schon krampfhaft versuchte ihn mit gleicher Geschwindigkeit zu überholen, was natürlich so nicht funktionierte. Er selbst befand sich nach seinen Überholvorgängen schon längst wieder auf der rechten Spur und das Graue weiterhin auf der Mittleren. Wahrscheinlich war der oder die Fahrerin sowieso ein chronischer Mittelspurnutzer. So blieb das Fahrzeug stetig mit gleichbleibenden Abstand hinter ihm. Erst nach mehreren Kilometern gab er sein Vorhaben auf und reihte sich wieder hinter ihm ein. Es war eine Wohltat für ihn vor sich ein gelbes Auto zu erblicken. Es war zwar kein schönes Gelb aber immerhin Gelb. Auf der Gegenfahrbahn kamen ihm ein weißes und noch ein weißes, ein graues und ein hellgraues und ein schwarzes und noch zwei schwarze Autos entgegen. LKWs hatte er nicht mehr auf seinem Schirm. Diese mussten wohl bunt sein um werbetechnisch aufzufallen. Er hat nun einen besseren Einblick auf die andere Seite und sah zuerst 2 graue Autos gefolgt von schwarz, weiß, silber und blau. Schließlich hatte er auch das gelbe Fahrzeug von vorhin überholt. Er war sich ziemlich sicher, dass seine imaginäre Statistik mit einer Vielzahl bunter Fahrzeuge nicht mehr aufwiegen ließe und beendete das.

"Gedankliche Aufzeichnung 3"

Grau-Silber: IIIIIIIIII
Blau: II
Weiß: IIII
Grün: -
Gelb: I
Rot:
Schwarz: IIIIII

Wenigstens hatte die Sonne nun den Nebel vertrieben. Fast gleichzeitig hatte er die Autobahn verlassen. Auf einer weiteren Landstraße fuhr auch er seinem Ziel entgegen. Das Grün der Wiesen war beinahe farblos geworden. Zu einem großen Teil ging dieses grün schon in braun über. Eine Bahnlinie zog sich parallel zur Straße durch die Landschaft, um sich von dieser später zu trennen indem sie sanft aber bestimmt langsam in einem 30 Grad Winkel in Richtung rechtes Ende des Tals gezogen wurde um dann in einen Tunnel zu verschwinden. Die Fußballplätze waren verwaist, ebenso der Skater-Park. Die Sonne selbst war mehr ein optischer Genuss als ein

wärmender. Er brauchte nur den Finger aus dem Fenster zu halten um es zu wissen. Trotzdem sah er sich nun in einem Stuhl sitzend um sich die Sonnenstrahlen in sein Gesicht "bruzzeln" zu lassen. Er fuhr durch eine weitere Stadt und erblickte die Trostlosigkeit heutiger Innenstädte. Leere Geschäfte gab es wie Sand am Meer und das an jeder Ecke. Vor langer Zeit waren auch in diesen Läden meist Traditionsgeschäfte beheimatet. An manchen alten Schildern über den Eingängen konnte man noch den früheren Inhaber und die Art seiner Tätigkeit ablesen. Hier war der Kunde immer König, weil meistens bekannt. Der Service beinhaltete nicht nur das Verkaufsgespräch sondern auch ernst gemeinte Empfehlungen und vor allem Reparatur. Hier gab es noch Werkstätten hinter den Häuserfassaden, wo sich der Inhaber oder seine Mitarbeiter den Problemen annahmen. Das galt nicht für Fischgeschäfte, die es früher noch gab. Hier war Reparatur unmöglich und Umtausch ausgeschlossen.
Es gab eine Vielzahl Geschäfte in den Städten, viele waren uns unbekannt geworden.
Wer fand heute noch Milch- und Flaschenbierhandlungen im Tante Emma Stil, Kolonial- und Spezereienhandlungen, Weiß- und Wollwarengeschäfte, Seifen- und Seifenpulverhandlungen, reine Spielwarengeschäfte; Korbwaren, Eisenwaren, Silberschmieden, Scherenschleifer oder einen Bonbon Fachhandel. Das und viel mehr gab es früher und eins wusste er mit Bestimmtheit! Die Betreiber waren alles Fachleute!

Heute wurden diese Geschäfte mehr oder weniger mit Optiker, Schmuck, Kebab und Handyläden aufgefüllt. Viele der alten Läden fanden aber keine neuen Besitzer mehr. Es gab einige Metzgereien und Bäckereien, die nicht zu einer Kette gehörten, sondern uns an der täglichen Brotvielfalt teilnehmen ließen. Es gab die bereits schon erwähnten Fischgeschäfte, also nicht die Nordsee-Kette, sondern richtige Fischgeschäfte mit Auslagen voller frischen Fische. Da musste man noch selber den Fisch zubereiten und braten. Es gab auch Wirkwaren, ein vielleicht schon längst vergessener Begriff der vielleicht die 100.000 Euro Frage bei Günther Jauchs "Wer wird Millionär" sein könnte. So viel würde er, wäre er Jauch, seinem Gegenüber verraten:" Wirkwaren sind keine Drogen und auch nicht in Holland in einem Coffee Shop erhältlich. Und wären es Drogen, dann wären sie trotzdem nicht für Nicht-Holländer", in holländischen Coffee-Shops zu erwerben.
Mittlerweile war dort der Verkauf von Drogen an Ausländer nämlich verboten worden. In Maastricht rebellierten aus diesem Grund 13 Coffeeshops dagegen. Maastricht und andere Städte nahe der deutschen und belgischen Grenze hatten das Verbot verhängt, um die negativen Folgen des Drogentourismus wie etwa Krawalle bekiffter Ausländer, also "Nicht-Niederländer", oder die ständigen Staus auf den Straßen einzudämmen. Da 65 % der Kunden von jenseits der Grenze kamen, war das natürlich ein herber Verlust für die ansässigen Coffee-Shop Betreiber. Durch das Verkaufsverbot für Ausländer habe

sich die Zahl der jährlichen Drogentouristen in Maastricht um 1,5 Millionen auf unter 400.000 reduziert, hatte er in einem Bericht gelesen. So konnten die deutschen Kiffer und auch die Anderen, wieder getrost ihr Gras bei den heimischen, wenn auch illegalen Straßendealer, kaufen. Das lästige bekiffte Fahren nach Holland und zurück war vorbei und man sparte Zeit und Benzin und somit Geld, das man wieder in das ein- oder andere Portiönchen mehr stecken konnte. Er wollte nicht weiter darüber nachdenken, ob aus einstigen Silberschmieden und Milchzentralen nicht doch auch noch in Deutschland irgendwann solche Shops entstanden.

Es gab Buchläden und Antiquariate, die tatsächlich nur von Büchern leben konnten. Alle diese Läden waren zumeist mit Fachleuten bestückt. Von der Materie eine Ahnung zu haben fand er eigentlich ganz wichtig. Der Verbraucher fand es anscheinend wichtiger billig zu kaufen und kaufte schließlich meistens das gleiche technische Gerät, mit einem gewissen zeitlichen Abstand, dreimal. Gut, dass mit dem Fachmann kann Ihnen in einem Kebab-Laden schon auch noch passieren, schwieriger wird es in manchen Handyläden was Reparaturen betrifft (einschicken können Sie immer!). Auch im Verkauf waren sie stark. Die fachliche Kompetenz der Mega-Media-Center bezog sich oftmals ebenfalls auf die Aussage, dass das defekte Gerät eingeschickt werden musste (60 Euro) und dass der Preis einer eventuellen Reparatur nicht benannt werden konnte.....oder erst nach dem

Einschicken (60 Euro). Zumeist war aber irgend ein Angebot gerade billiger und der Fachverkäufer tätigte auch gleich die Empfehlung ein Neues käuflich zu erwerben verbunden mit dem Hinweis auf die damit erworbene Garantie. Ein Fachverkäufer war heute ein Verkäufer der Sachen aus einem Fach holte, zu viel mehr reichte es oftmals nicht. Es war ihm aber auch schon passiert, dass er völlig überrascht war von einer Beratung oder von einem Service, den er so niemals erwartet hat, aber das kam nicht oft vor. Die großen Warenhäuser und Ketten häuften und häuften die Geldberge und zwangen die Regierung dazu einen Mindestlohn einzuführen. Und wir unterstützten weiterhin wenigstens die Verpackungsindustrie inklusive der Müllindustrie. Verpackung und Müll, den wir ja oft dreimal kauften durch ein minderwertiges Produkt, zahlten wir ja sowieso. Irgendwie war ihm klar, dass wir zu vieles den großen Konzernen überlassen hatten. Wahrscheinlich war das auch bei den Autos so, zumindest was die Farben anging. Konnte es denn möglich sein, dass die Mehrheit der Autofahrer sich grau, silber, dunkelblau, schwarz oder weiß als Farben aussuchen würden? Er glaubt es kaum, dass viele Menschen diese genannten Farben als Lieblingsfarben hatten. War das einfach ein Diktat der Autoindustrie? Gab es zum Thema Lackfarben Befragungen bei den vermeintlichen Kunden? Wenn man einmal damit angefangen hatte Autofarben zu analysieren, dann konnte man irgendwie nicht mehr damit aufhören, das hatte er an sich selber festgestellt! Selbst wenn er nicht bewusst analysieren wollte, tat er es doch immer irgendwie. Und auch jetzt schaute er auf die Parkplätze und sah grün, blau, rot, schwarz, schwarz, blau, weiß, schwarz, blau, schwarz, schwarz, weiß, schwarz, schwarz, schwarz, grau, blau, weiß, grau, schwarz, grau, blau, grün, schwarz, rot, silber, blau, grün, rot, die letzten vier Fahrzeuge standen allerdings auf einem Hof eines Gebrauchtwagenhändlers. Dann folgten drei schwarze, ein grauer, ein roter, dann kamen silber, schwarz, blau, blau, schwarz, grau, braun, schwarz, grau, weiß, weiß, braun, schwarz und grau.

"Gedankliche Aufzeichnung 4"

Grau-Silber: IIIIIIII
Blau: IIIIIII
Weiß: IIII
Grün: III
Gelb:-
Rot: IIII
Schwarz: IIIIIIIIIIIIII
Braun: II

Wie schön konnte doch ein oranger Bagger sein stellte er fest! Wollten die Menschen mit ihren Autos nicht mehr auffallen? War das ein Zeichen für das Grau im Alltag, das viele Menschen schon längst eingeholt hatte? Ihm kam die Frage in den Sinn, was denn der Unterschied zwischen der Farbe Grau und Silber sei?
Silber war eine Metallicfarbe und nach DIN 5033 keine Farbe, glänzt wie schon erwähnt metallisch

wohingegen grau einfach matt war. Grau war eigentlich eine Mischfarbe, die aus den Farben Weiß und Schwarz entsteht.
Also waren eigentlich Grau und Silber gar keine Farben.

****

War alles nur ein Gefühl, das der Herbst und Winter erzeugte? Kopierte sich der Nebel in seinem Kopf und in seine Seele? Hatte er als Jugendlicher auch schon diesen Blues? Er konnte sich daran nicht mehr erinnern. Wie ging es den Jugendlichen heute? Er musste sich eingestehen, dass er davon nicht mehr viel Ahnung hatte. Er vermutete in der kompletten Geschichte der Welt und der Menschheit einen Kreislauf . Es war bestimmt nicht so, dass diese Jugend Heute schlechter war als irgendeine andere davor. Die Jugend zu jeder Zeit war einfach nur anders, da auch die Grundvoraussetzungen der Jahrzehnte oder Jahrhunderte anders waren. Die Jugend war maximal ein Mal der Anfang einer Kette. Ansonsten lernte die Jugend immer von den Erwachsenen, die das Wissen und Unwissen, Tugend und Untugend, Liebe und Hass, Strenge oder Laissez-faire vorlebten. Die Erwachsenen schimpften immer auf die Jugend und blendete hierbei ihre eigenen Versäumnisse aus. Die Jugend lernt von Vater und Mutter wie auch diese von ihren Vätern und Müttern gelernt hatten. Das war die nahezu unendlich Kette. Jeden Jugendlichen, der es besser machte als seine Vorgänger, konnte man getrost als eine Art Held

bezeichnen. Er meinte damit nicht einen besseren Posten ergattert zu haben oder mehr Geld zu verdienen, sondern das Verständnis zum Leben zu der Welt und zu seinen Mitmenschen. Die Jugend ist ein Teil der Gesellschaft und verändert sich gleichermaßen mit ihr.
Insgesamt glaubte er auch nicht, dass die Welt besser geworden war. Er hatte nur das Glück in einem Land zu leben, das nahezu frei von Krieg Hunger und anderen Nöten war. Doch selbst in diesem Schlaraffenland gab es eine Reihe von Hohlköpfen, die alten Zeiten nachtrauerten und versuchten die Geschichte als ein Lügenmärchen darzustellen - das galt vor allen Dingen bei den Geschehnissen um den zweiten Weltkrieg. Natürlich hatte die Geschichte Wahrheiten aber halt nicht nur Eine. Auch er war generell der Überzeugung, dass Geschichtsschreiber fälschten und Darstellungen mit Halbwahrheiten belegten. Einen Beweis hatte er dafür allerdings nicht, jedoch glaubte er, dass wenn man alle Geschichtsbücher der Welt, besonders die der unterschiedlichen Staaten, gegenüberstellte, würde man diese verschiedenen Wahrheiten doch feststellen. Unter den Teppich der Geschichte ist bestimmt auch schon manches gekehrt worden.
Es war ihm schon längere Zeit ein Rätsel weshalb sein Land heute noch für den Zweiten Weltkrieg, vor allem in finanzieller Hinsicht, bluten musste. Die "Schulden" des Ersten Weltkriegs wurden am 3. Oktober 2010 beglichen, das war 92 Jahre nach seinem Ende!!!

Er hatte gehört, dass Deutschland noch keinen
Friedensvertrag mit den Alliierten unterzeichnet
hatte und dass dies auch mit ein Grund dafür war.
Sein erster Gedanke war, das wir ja dann immer
noch im Krieg mit den Alliierten stünden würden
und nur eine besonders lange "Feuerpause"
ausgehandelt hatten. Er hatte sich bemüht dazu
einiges in Erfahrung zu bringen und stieß auf den
Bericht eines gewissen Herrn Michael Grandt, der
in einem Ausschnitt zu diesem Thema davon
berichtete, dass nach Auskunft des
Bundesfinanzministeriums bis zum 31.12.2009
insgesamt 67,118 Milliarden Euro durch die
öffentliche Hand an Wiedergutmachung bezahlt
wurden. Nicht berücksichtigt waren die nicht
bezifferbare sonstige Leistungen in
Milliardenhöhe nach anderen Regelungen.
In den letzen Jahren leistete der deutsche Stadt
Wiedergutmachungszahlungen von jährlich
zwischen 500 000 und 620 Millionen Euro.
Der Krieg war seit 68 Jahre vorbei!!!!
Wer war denn überhaupt noch da, der aktiv an
diesen Krieg teilgenommen hatte? Es waren
vielleicht noch die Männer, die heute 84 oder 85
Jahre alt waren. Alle anderen, die 80 jährigen
zum Beispiel waren am Ende des Kriegs 1945
gerade erst 12 Jahre alt. Man hatte die Welt doch
neu zusammengeführt; vor allen Dingen Europa.
Europa ist eine großer Staat geworden. Es wurde
der Schulterschluss durchgeführt, eine
Staatengemeinschaft hatte sich geformt und
trotzdem musst Deutschland dafür noch bezahlen.
Alle reden vom Vergessen und von einem
Neuanfang, irgendwie passte das nicht seiner

Meinung nach. Die geschichtliche Aufarbeitung
übernahm heute zum großen Teil das Fernsehen.
Es gab fast keinen Tag an dem nicht
irgendwelche Dokumentarfilme über den Krieg
gesendet wurden. Das fand er wirklich
bedenklich, denn auch so konnte man etwas
glorifizieren. Seiner Meinung nach war diese
Aufklärung doch weiterhin die Aufgabe des
Staates. Alle Schüler sollten wenigstens einmal in
Auschwitz oder in anderen Lagern wie Bergen-
Belsen, Buchenwald oder Dachau dieses dunkle
Kapitel "hautnah" erleben müssen mittels
Ausstellungen zur Geschichte der
Konzentrationslagern. Jeder müsste den
ungeschönten Bericht von Zeitzeugen
(Inhaftierten) ertragen und die Verbrennungsöfen,
die Genickschussanlagen, Gaskammern,
Sammelgalgen, Versuchsstationen, Prügelböcke
und das ganze andere Perverse ansehen. Allein
das Betreten einer solchen Anlage müsste doch
bei jedem Menschen sofort Demut einkehren
lassen, Demut vor jedem Leben auf der Welt.
Gut ihm war sowieso nicht klar, warum
Menschen permanent im Streit leben mussten.
Natürlich war auch ihm klar wie ein Streit
entstand, auch er hatte in seinem Leben schon oft
streiten müssen. Allerdings ging es nie soweit,
dass danach ein Tötungsdelikt oder eine schwere
Körperverletzung vorlag. Auch an eine leichte
Körperverletzungen konnte er sich nicht erinnern.
Wenn wir von den Alten lernen sollten, dann kam
ihm das immer sehr suspekt vor. Viele der alten,
die er kannte, waren mittlerweile
alkoholabhängig und die bereits verstorbenen

über 85 jährigen habe es nicht verstanden sich gegen einen Krieg zu wehren. Und sollten Sie das nicht erkannt haben, dass die Gesellschaft auf einen Krieg zu steuerte, so sind sie doch im Laufe des Krieges verroht und taten Dinge, über die sie zumeist nie mehr sprachen. Natürlich es war Krieg. Wie schnell sich doch der scheinbar Zivilisierte sofort wieder zurück in ein Tier verwandeln konnte, trotz seinem Wissen und trotz seiner Moral. Wahrscheinlich würde auch heute noch große Menschenmassen marschieren, wenn der richtige "Ideologienverkäufer" vor ihnen stünde. Das haben die Kriege in Europa nach 1945 ja schon gezeigt. Selbst die Oberschicht mit ihrem erhöhten Anspruch an Moral und Ästhetik sind marschiert, haben gemetzelt und sich kein Haar von den anderen unterschieden. Leider waren wir alle aus einer Suppe!

Das gesamte Volk hatte es nicht verstanden sich gegen einen Krieg zu wehren. Und die davor im ersten Weltkrieg hatten es auch nicht verstanden, obwohl Ihnen doch auch bewusst war, dass alle Menschen auf einer Welt lebten und dass somit die Grundvoraussetzung gegeben war, dass jeder Mensch auch das Recht hatte auf dieser Welt zu leben. Das war allein durch die Geburt geklärt. Eigentlich war das doch einfach zu verstehen und vollkommen logisch. Anders hätte sich das natürlich verhalten, wenn irgendwelche Marsmenschen auf die Erde gekommen wären, um diese zumindest in Teilen zu besetzen. Da hätte man wenigstens sagen können " ihr Mars und wir Erde". Da wäre es vielleicht begründet gewesen, dass man einen Krieg führt. Wer auf

dieser Welt konnte denn eigentlich etwas dafür, dass er jetzt gerade da lebte, wo er lebt?
Er hatte sich Deutschland nicht ausgesucht. Er wurde nicht mal gefragt und er glaubt auch nicht, dass der Chinese irgendwo und irgendwann gefragt wurde, wo er denn gerne geboren werden wollte. Auch das afrikanische Kind und deren Vorfahren sind wohl nicht danach gefragt worden. Wahrscheinlich war es eine Zufälligkeit, dass zu irgendeiner Zeit irgendwo irgendeiner durch die Geburt seinen Platz gefunden hatte. Auch das afrikanische Kind, das in dieser Minute verhungerte, wurde zu Beginn wohl nicht gefragt ob es nun verhungern wollte und wo es denn gerne verhungern wollte? Es war einfach so. Dieses "es war einfach so" hatte seine Tücken, denn "es ist halt so" und "man kann dagegen nichts machen" ist zum traurigen Beweis geworden, dass die Menschheit niemals gelernt hatte, geschweige denn verstanden, dass auf einer Welt "Teamplayer" gefragt waren. Die Geschichte der Menschheit hatte es zu Genüge bewiesen. Krieg Not und Leid gab es seit Menschen gedenken. Ihm kam Lampedusa in den Sinn. Vor dieser italienischen Insel kenterten regelmäßig Flüchtlinge, die "Lampedusen", die ein echtes Problem mit diesem Zustand hatten, retteten diese und brachten oft ihr eigenes Leben in Gefahr, während die europäischen Staaten am runden Tisch nicht fähig waren das Problem zu lösen.
So fand auch am 03.10.2013 eine Katastrophe im Mittelmeer statt. Nahe der italienische Insel Lampedusa sank ein Boot mit Flüchtlingen

mindestens 360 Menschen ertranken, gerade mal 200 konnten gerettet werden. Er glaubte irgendwo gelesen zu haben, dass zwischen 2004 und 2013 mehr als 6200 Boatpeople hier ums Leben kamen.
In der "taz" las er die Kritik an der europäischen Asylpolitik von dem Münchner Erzbischof Reinhard Marx. „Hinter der Tragödie von Lampedusa steckt der Gedanke, möglichst zu verhindern, dass jemand europäischen Boden betritt", sagte dieser vor dem Diözesanrat in Freising. „Auch wenn Europa nicht jeden aufnehmen kann, dürfen wir niemanden an den Grenzen zu Tode kommen lassen."
Als erstes katholisches Kirchenoberhaupt besuchte Papst Franziskus am 8. Juli 2013 die Insel. Er wollte auf das Leid der afrikanischen Boots-Flüchtlinge aufmerksam machen und gedachte der Toten durch einen Kranz, den er der See übergab. Anschließend feierte der Papst zusammen mit ca. 10.000 Menschen eine Messe im Stadion der Insel.
Insgesamt gesehen waren Spenden, große Worte und schöne Lieder doch relativ erfolglos, betrachtete man die immer noch hohe Zahl an Hungernden und Perspektivlosen auf dieser Welt, war seine Meinung. Er überlegte was er zur Verbesserung beitragen könnte, eine richtige Idee fand er nicht. Natürlich könnte er in die Politik gehen, aber sämtliche Politiker auf der Welt hatten bereits bewiesen, dass auch hier keine Macht vorhanden war die etwas ändern könnte. Vielleicht lag es ja auch am Wollen, doch wahrscheinlich waren genug andere Politiker da,

die das nicht wollten. Er konnte engagierter Musiker werden, der Lieder über Armut schrieb und vielleicht fand er auch einige Zuhörer, doch was würde das ändern. Er war ja auch kein Messias und selbst dieser hatte das damals nicht geschafft. So schön das Leben für Menschen auf der Welt sein konnte, so ungerecht und grausam war es für andere. Wem wollte man also einen Vorwurf machen? So lange es die Menschheit gab und die gab es schon seit weit über 100 000 Jahren, konnte niemals ein Gleichgewicht geschaffen werden.
Der bisher älteste und unbestritten dem Homo sapiens zugeordnete Fund war rund 160 000 Jahre alt und wurde in Äthiopien gefunden. Auf ihm basiert die derzeit anerkannte wissenschaftliche Theorie, dass der moderne Mensch seinen Ursprung in Afrika hatte. Also war unser aller Ursprung Afrika, innerlich musste er lachen, denn welcher "Nazi" war mit dieser Erkenntnis schon vertraut?
Allerdings könnte ein Höhlenfund von acht gut erhaltenen menschenähnlichen Zähnen im Landesinnern Israels diese bisherige Erkenntnis stürzen.
Die 400 000 Jahre alten Zähne könnten möglicherweise der bisher ältesten Hinweise auf die Existenz des Homo sapiens weltweit sein. Dann wären wir der Bibel ziemlich nah, denn dann war der menschliche Ursprung in Israel. Israel ist der einzige Staat der Welt, in dem Juden eine Bevölkerungsmehrheit bilden. So gesehen war die Wahrscheinlichkeit groß, das unser Ursprung jüdisch ist.

Seiner Meinung nach nahm sich auch jeder Mensch einfach zu wichtig. Vielleicht waren wir wirklich nichts anderes als eine weitere Gattung auf dieser Welt, ähnlich dem Tiger, dem Vogel oder der Amöbe. Jeder hatte seine natürlichen Feinde, der Mensch hatte zusätzlich sein Gehirn dazu bekommen, die Maus musste die Katze fürchten, die Katze den Marder oder umgekehrt der Marder die Katze, in jedem Fall aber den Fuchs, der musste Luchs, Wolf oder Steinadler fürchten und so weiter... , am Ende der Kette war der Mensch, der natürliche Feind aller Lebewesen.
Der Mensch hat es geschafft sich seiner natürlichen Feinde zu entledigen und bekriegte sich nun lustig mit seiner eigenen Rasse. Und das tat er erfolgreich! Da wird jeder Hai zu einem Hering! "Uga Agga" hatte heute genauso noch Bestand wie in der Steinzeit. Der Gedanke mit dem Marsmenschen gefiel ihm immer mehr. Vielleicht wäre es besser anstatt sich immer selber auf den Kopf zu klopfen, wenn die Marsianer endlich ihre Invasion starten würden, um die Erde zu besetzen und dadurch alle Menschen auf der Welt gezwungen würden zusammen zu stehen. Das wäre der erste, zumindest im Ansatz, nachvollziehbare Krieg. Durch dieses super Kollektiv und den Sieg gegen die Marsianer, die allerdings allesamt nicht getötet wurden, sondern verschnürt mit Raumschiffen wieder zurück auf ihren Heimatplanet gebracht wurden, lebten dann auch die restlichen Menschen nun endlich in Frieden

und Harmonie. Dazu fiel ihm ein alter Werbespruch eines Schokoriegel Herstellers ein:" Mars macht mobil". Er hatte seinen Frieden, bis auf wenige Ausnahmen, die sich wie folgt darstellen: PKW Fahrer mit Wackel-Dackel im hinteren Bereich des Fahrzeuges und einem 80 km schnellen Geschwindigkeitsrausch auf deutschen Autobahnen und Landstraßen. Der Wackeldackel allerdings war heut zu Tage eher im vorderen Bereich des Fahrzeuges, hinter dem Lenkrad, vorzufinden. Ob es ein altersbedingtes Wackeln war oder ein ängstliches oder beides konnte nicht immer zweifelsfrei geklärt werden. Paketdienste gehörten auch dazu, die wild in Straßen parkten oder mit siebzig durch eine dreißiger Zone rasten. Auch manche Mercedes, BMW oder Audi Fahrer gaben alles, um seinen Frieden auf den Straßen der Welt zu stören. Mittlerweile erweiterte sich dieser Kreis um die Fachkräfte der meisten Telefongesellschaften (Hotline), die
unterbezahlt auch unterirdische Leistungen erbrachten. Service wird zwar Groß geschrieben, ist aber doch ein Tuwort, wobei das Tun mit Service nicht automatisch gleichzusetzen ist. Service sollte kompetent sein, ein Problem lösen können und so bezahlt sein, dass ein Fachmann für das Geld, das er bekommt auch überhaupt hinter dem Telefonhörer Platz nimmt.

****

Das Außenthermometer hatte 3 Grad erreicht. Im Vergleich zu den letzten Morgen war das schon eine echte Steigerung. Der Nebel hielt sich fast wie immer zäh und verschleierte die Landschaft. Es sah so aus als ob sich die Wälder und Hügel hinter einer Milchglasscheibe befanden. In dieser Jahreszeit brauchte er fast mehr Spritzwasser als Benzin. Was er im allgemeinen vermisste war die Weihnachtsbeleuchtung vor den Häusern. In den meisten Fällen präsentieren sich die Vorgärten weihnachtlich nackt. Was allerdings Einzug gehalten hatte das war ein amerikanischer Stil mit wild blinkenden Lichtern ähnlich der achtziger Jahre "High tech" Diskotheken Beleuchtungen. Das "Gezucke" nervte ihn einfach nur. Er hatte kein Verständnis dafür und keine Erklärung warum irgendwer so etwas schön finden konnte und es der Menschheit auf diese Weise im Vorgarten präsentieren musste. Dann doch lieber keine Weihnachtsbeleuchtung war seine Erkenntnisse daraus. Die immer weniger werdende Weihnachtsbeleuchtung war vielleicht auch ein Indiz dafür, dass seine These über das Grau der Menschheit doch stimmen möge. Da er aber zumeist im Auto unterwegs war und nur erleuchtete Sachen einfach erfassen konnte, schloss er nicht gänzlich aus, dass vor den Türen und Gärten noch unbeleuchtetes Weihnachtsutensil herum stand. Erfreute das Licht zu Weihnachten die Menschheit nicht mehr? War es für Sie nur noch Arbeit eine Lichterkette um einen Baum zu winden und lästige Pflicht, gespickt mit ein paar

willkommenen freien Tagen? Das Highlight verblasste zusehends. Irgendeine total bescheuerte Werbung, die er schon vor ein oder zwei Jahren gehört hatte, bewahrheitet sich traurigerweise. Weihnachten wird unter dem Baum entschieden. Als Zeitungsmeldung wäre das wohl eine der traurigsten Schlagzeilen geworden. Werbetechnisch war es vielleicht brilliant, wenn auch erst auf den zweiten Blick. War es wirklich so weit gekommen, dass nur noch die Geschenke unter dem Baum zählten? Es war eigentlich ein genialer Aufruf den Ist-Zustand zu überprüfen und wieder mehr "Back to the Roots" zu gehen. Weihnachten dürfte niemals unter dem Baum entschieden werden. Er hatte allerdings gewisse Zweifel, ob die Werbekampagne tatsächlich so gedacht gewesen war, denn die Handelskette lebte ausschließlich vom Verkauf und nicht von weisen Worten. "Geiz ist geil", auch an diesen Werbeslogan musste er denken. Das passt sehr gut zu dem vorigen Slogan und es schloss sich der Kreis. Er würde ab sofort geiziger sein was die Geschenke unter dem Baum anging. Was war schon ein nach 2 Wochen weiteres staubiges Geschenk gegen den Versuch, die Liebe wieder verstärkt in sein Leben zurück zu bringen. Es würde eine Zeit dauern doch dann könnte auch der Beschenkte erkennen, wie unwichtig ein Geschenk gegen das tägliche Schenken von Liebe, Zuneigung und Freundlichkeit ist.
Ja, der Kunde war König frei nach dem Motto:"Er kam, sah und kriegte". Natürlich bekam man alles solange man Geld dafür hatte!

Es überkam ihn ein bisschen Wehmut, denn auch er hatte dieses Jahr seinen Baum vor dem Haus nicht geschmückt. Das lag aber einzig und allein an der Tatsache, dass er die Tage vor Weihnachten schwere Rückenschmerzen hatte und es ihm dadurch fast unmöglich war sich schmerzfrei zu bewegen. Plötzlich war dann Weihnachten so nah, dass sich dieses nicht mehr gelohnt hätte nachzuholen. So trug auch sein Rücken eine Teilschuld daran, dass die Welt ein bisschen weniger erleuchtet wurde. Er erinnerte sich an eine Szene, die sich schon vor Jahren auf einem Weihnachtsmarkt abspielte. In der Nähe einer Garage, die den Schafen während des Weihnachtsmarkt als Stahl diente, hatte der Veranstalter auch einen Musiklautsprecher stehen. Hieraus tönte Weihnachtsmusik, die den Markt, im Hintergrund beschallte. Irgendwann sah er wie eine ältere Frau sich furchtbar darüber aufregt, dass diese Box sich so nahe an dem Stall befand. Als sie so gar kein richtiges Gehör fand (nicht aufgrund der übertriebenen Lautstärke!) weder beim Veranstalter noch bei Gästen des Marktes, fing Sie an wild an dem Stativ rum zu zerren und versuchte die Box dementsprechend zu verrückt. Es war eine verrückte Situation. Nun ja, der Lautsprecher ist ja wie in den meisten Fällen mit einem Lautsprecherkabel an der eigentlichen Musikanlage angeschlossen. Ein weiteres Rücken hätte wohl diese 10 Meter entfernt auf einem Tisch stehende, in den Abgrund gerissen und zerstört. Gott sei Dank gab die Alte auf, nachdem sie erkennen musste, dass die ganze Sache zu schwer für sie war.

Schimpfend und wild gestikulierend zog sie danach ab. Später erzählte mir die Bäuerin, die die Tiere für diesen Tag zu Verfügung stellte, dass ihre Tiere sowieso im Stall immer Musik hören würden. Einen Schaden eine Tieres, verursacht durch Musik, hatte sie bis dato nicht feststellen können. Auch er befand wohl, dass die Tiere durch das andauernde hin und her laufen der Menschen an den Stall, sicher mehr Stress hatten als durch die Musik. Allerdings war es doch so, dass diese Schafe zumeist schon sehr routiniert waren und nicht zum ersten Mal auf diesen Weihnachtsmarkt standen. Auch da gab es bis dahin keine Verluste, auch nicht an der Hörkraft der Schafe verursacht durch stille Nacht heilige Nacht oder durch eine Muh eine Mäh eine Tätärätätä!
Es entstand in seinem Kopf ein neues "Bild" bezüglich eine Muh (Kuh), eine Mäh (Schaf), einer Tätärätätä (Musik aus dem Lautsprecher) und dieser Szene.

****

Die Menschheit war schon anstrengend und so entschied er sich wieder Lacke zu ergründen. Silber, blau, weiß, rot, schwarz, weiß, weiß, blau, blau, schwarz, blau, blau, schwarz, rot, grau, weiß, weiß, silber, blau, blau, rot, grau, grau, blau, blau, weiß, rot, rot, silber, schwarz, rot, silber, schwarz, grau, schwarz, silber, rot, gelb, blau, rot, rot, rot, grün, blau, schwarz, weiß und blau.

"Gedankliche Aufzeichnung 5"

Grau-Silber: IIIIIIII
Blau: IIIIIIIIII
Weiß: IIIIII
Grün: I
Gelb: I
Rot: IIIIIIII
Schwarz: IIIIII
Braun: -

Hinzuzufügen wäre nur, dass fast jedes Blau ein sehr dunkles Blau war und genauso gut als Schwarz durchgehen würde. Die hellen blauen Farbtöne waren eher selten. Nun steuerte er ein kleines Kaffee an und erwarb darin neben einer Tasse Kaffee auch eine Tageszeitung (die mit dem guten Sportteil hinten). Er fand einen Artikel, der wie folgt aufgemacht war: Weniger Kriege auf der Welt". Der Titel selbst war ja vielversprechend. Es war ja schon eine gute Nachricht kurz vor Weihnachten. Die Zahl der Kriege, die auf der Welt geführt wurden, war in diesem Jahr von 34 auf 30 gesunken, das teilte die Uni Hamburg mit. Fast alle Kriege betrafen Länder der Dritten Welt, allein 11 Konflikte wurden zurzeit in Afrika ausgetragen, 10 im vorderen und mittleren Orient. Wo die restliche stattfanden wurde leider nicht erwähnt. 30 Kriege bei ungefähr 200 Ländern auf der Welt bedeuteten immerhin, das sich momentan ca. 15 Prozent der sich auf der Erde befindlichen Länder im Krieg befanden, vorausgesetzt es handelte sich immer nur um 2 Parteien, die sich gegenseitig bekriegten.

Was für ihn sehr lustig war, war der kleine Bericht über einen Mann, der sein Geld vom Job Center Ludwigshafen erhielt und gegen den Begriff "Jobcenter" klagte, weil dieses seiner Meinung nach keine Amtssprache wäre. Das Verwaltungsgericht entschied, dass das Wort Jobcenter deutsch genug wäre und sich auch im Duden befindet. Ginge es nach ihm würde der Mann kein Geld mehr vom Jobcenter bekommen, dass wollte er doch, oder? Auch die Telefon Hacker waren bei der Fernsehsendung XY-Ungelöst zu Gange und blockierten die Leitungen der Annahmestellen, bereits ab Ankündigung des Falls. Dieser zeigte eine neue Betrugsmasche, dort versprachen Betrüger ihren Opfern am Telefon einen Gewinn, wenn diese vorher Geld überweisen würden. Die Anrufe stammten alles von zwei Telefonanschlüssen, die jedoch bisher nicht zurückverfolgt werden konnten. Ob XY-Ungelöst nun bei der NSA Unterstützung zur Klärung des Falles holen würde blieb unbekannt. Zum Thema geistige Umnachtung passte auch ein weiterer Artikel. Weil ihr ein Mann, 33 Jahre alt, angeblich 100.000 Euro für einen Fetisch Video bot, klebte eine ehemalige Bundeswehrsoldatin, 29 Jahre alt, insgesamt 33 Mäuse mit Klebeband auf dem Boden fest. Dann trat sie alle Tiere nacheinander Tod, während der 33 jährige sie filmte. Nun standen die beiden wegen Tierquälerei vor Gericht. Die Tottreterin wurde zu 6.000 Euro auf Bewährung verurteilt.

Wie krank die Welt doch ist dachte er, knüllte die Zeitung zusammen und warf sie in den Papierkorb.
Gedanklich wünschte er sich die "Weihnachtsmarkttierschützerin" an den Ort des Geschehens. Aber er wollte sich nicht ausmalen, wie diese Geschichte ausgegangen wäre.
Wie würde Papst Franziskus Weihnachten feiern und wie feierte er öffentlich? Wie würde er den Papst Segen am Mittag des Fünfundzwanzigsten durchführen, wie seine Vorgänger polyglott oder hatte er auch hier Überraschungen parat für die Stadt und den Erdkreis? Rund 27 Jahre war es nun her, dass Papst Franziskus ein paar Monate in Rothenburg ob der Tauber gelebt hat um Deutsch zu lernen. Vermutlich hatte er bei dieser Gelegenheit auch diese Worte gelernt, die bei seinem ersten Weihnachtsfest in Rom als Papst so wichtig werden könnten: "Frohe Weihnachten", dabei war noch gar nicht klar ob er seine Weihnachtsgrüße auf Deutsch und in 60 weiteren Sprachen sprechen würde wie es seine Vorgänger getan haben. An Ostern hatte er das schon weg gelassen und auch am Weihnachtsfest im Vatikan könnte einiges anders sein. Selbst Padre Lombardi, der Vatikan Sprecher, wusste anscheinend zu diesem Zeitpunkt nicht genau was Franziskus diesbezüglich vorhatte. "Das ist ein Papst, der uns oft überrascht mit Initiativen, die oft sehr schön sind und es würde ihn nicht wundern, wenn das auch in diesen Feiertagen wieder passieren würde", lies er in einem Bayern 2 Interview wissen. Denn letztendlich kommt Jesus in Armut zusammen mit einfachen Leuten

und es würde ihn nicht wundern, wenn es vom Papst ein Zeichen in diese Richtung geben würde. An seinem Geburtstag kurz vor Weihnachten hatte der Papst schon römische Bettler getroffen und am Wochenende besuchte er in aller Ausführlichkeit ein Kinderkrankenhaus in der Nähe des Vatikans. Ihm waren jedoch zu Weihnachten auch ein paar Pflichttermine gesetzt wie etwa die Feier der Christmesse und eben die Weihnachtsbotschaft mit dem päpstlichen Segen Urbi et Orbi am ersten Weihnachtsfeiertag. Wie wird denn der Papst privat Weihnachten feiern, wurde Lombardi gefragt? Darauf wusste er keine Antwort, versprach es aber nachzureichen, wenn auch er wusste, wie die private Feierlichkeit stattgefunden hatten. Er fügte hinzu, dass es den Anschein hatte, dass der Papst keinen besonderen Wert auf äußerliche Traditionen legte. Ihm waren eher die Zeichen der Nähe wichtig besonders bei Armen und Kranken. Zeichen der Nähe, die er auch wieder bei der letzten Generalaudienz ausgesandt hatte, diese fand immer noch draußen auf dem Petersplatz statt trotz der Jahreszeit. Es gab auch außerhalb der Tourismuszeit genug Menschen, die den Papst sehen wollten.
Er hatte am letzten Mittwoch erneut die Leute darauf angesprochen auf das was ihm wichtig war. Jesus ist Gott in uns, Jesus ist Gott mit uns. Vielleicht nahm sich Franziskus an den Feiertagen einen Besuch bei seinem Vorgänger Benedikt vor, um diesem frohe Weihnachten zu wünschen. Franziskus der erste Papst seit 1300 Jahren, der nicht aus Europa kommt veränderte nicht nur das weihnachtliche Rom und das war

selbst ihm nicht entgangen. Franziskus übte auf ihn eine Faszination aus. War mit dem neuen Papst wirklich wieder eine Art Held geboren? Falsch, nicht Held, sondern eine Person an der man empor blicken konnte. Mit Nelson Mandela hatte man kurz vor Weihnachten solch eine Person verloren. Schade dachte er, dass nun Franziskus so positiv in den Vordergrund trat und im selben Jahr Mandela abtrat. Zwei diese Art wären für die Welt sicher von Vorteil gewesen, wenn auch immer noch zu wenige für solch eine Welt.

Drei Ausdrücke waren nach Einschätzung von Papst Franziskus der Schlüssel zu einem friedlichen Familienleben: Sie hießen "Darf ich?", "Danke" und "Entschuldigung", wie das Kirchenoberhaupt während seines Angelus-Gebets in Rom sagte und er es aus Spiegelonline erfuhr.

Vor kurzem hatte er einen bewegenden Bericht über ein Kind namens "Malala Jusufzai", 14 Jahre alt, gelesen.

Aus Mandela wurde Malala.....dachte er so bei sich und schon hatte er wieder eine zweite hoffungsvolle Person, die er gerne beim Retten der Menschheit unterstützt hätte, zumindest geistig.

 Weil Malala Jusufzai sich nicht von den Taliban einschüchtern lassen wollte, schossen die Islamisten dem Mädchen in den Kopf, das war bereits am 9. Oktober 2012 gewesen. Nachdem sie ein ultimatives Verbot der Taliban zum Schulbesuch zusammen mit anderen Mädchen missachtet hatte, hielten einige Taliban an diesem

Tag ihren Schulbus auf der Heimfahrt an und fragten nach Malala. Ein Taliban schoss aus nächster Nähe auf sie. Dabei wurde sie durch Schüsse in Kopf und Hals schwer verletzt und musste in einem Militärkrankenhaus in Peschawar operiert werden. Vor einer Versammlung von Jugendlichen, ihrer Familie und zahlreichen hochrangigen UN-Vertretern bei den Vereinten Nationen in New York, sagte die nun bereits 16-jährige:"Sie dachten, dass die Kugeln uns verstummen lassen würden, aber da lagen sie falsch" und weiter:" „Unsere Bücher und Stifte sind unsere kraftvollste Waffe. Bildung ist die einzige Lösung. Ein Kind, ein Lehrer und ein Buch können die Welt verändern."
Das hatte ihn wirklich fasziniert!!!! Ein Kind hatte mehr Courage als alle ihm bekannten Persönlichkeiten, die er jemals auf einem Bildschirm gesehen hatte, mit wenigen Ausnahmen!
Über die Taliban wusste er nicht viel, allerdings glaubte er gehört zu haben, dass diese laut der Vereinten Nationen in den Jahren 2009 und 2010 für über 3/4 der zivilen Todesopfer in Afghanistan verantwortlich waren.
Die Invasion vom Mars war wohl doch die einzige Möglichkeit, die komplette Welt auf "0" zu setzen. Vergangenes durfte keine Rolle mehr spielen, Gebiete und Grenzen ebenfalls nicht, Hautfarben nicht. Wie sollte man Geschichte und alle daraus entstandenen Verbrechen und Vertreibungen unvergessen machen? Die Menschheit müsste komplett "resettet" werden.

Es war ein unglaublich toller Tag heute der 23. Dezember. Der war einer dieser Tage, die er sich so täglich im Winter gewünscht hätte. 11 Grad plus und Sonnenschein. Was will man einen Tag vor Weihnachten mehr außer vielleicht Schnee, doch da konnte man getrennter Meinung sein. Dieser wuchtig schöne Tag veranlasste viele Menschen, zwar dick eingepackt doch sichtlich genießend, eine Zeit draußen bei einem Kaffee oder Cappuccino zu verbringen. Auch fand man viele Personen auf Bänken, die sich einfach nur eine Auszeit in der Sonne gönnten. Es war relaxed zumal viele schon ihren ersten Urlaubstag hatten. So sah für ihn ein perfekter Wintertag aus! Er musste sich eingestehen, dass es nicht nur schöne Sommertage gab, ab 25 Grad, sondern durchaus auch schöne Wintertage. Der heutige zum Beispiel war unverhofft schön.

****

Die Weihnachtstage waren vergangen und er war irgendwie froh wieder seinen gewohnten Tätigkeit, dem Autofahren, nachkommen zu können. Die Sonne schien auch einen Tag vor Silvester. Schnee hatte er so gut wie noch gar nicht gesehen selbst der Schwarzwald war bisher fast schneefrei geblieben. Das wären perfekte Tage zum Streiken gewesen, schob er gedanklich in Richtung "Schneepflugfahrer" nach. Vereinzelt waren Leute unterwegs meist Paare, die in der Mittagssonne einen Spaziergang unternahmen. Aus der Stadt, die vor ihm lag, fuhren mehr Autos heraus als hinein. Auch nach den Tagen der Stille schien sich auf der Welt nichts großartig verändert zu haben. Er freute sich darüber, dass das Wetter weiterhin ein Einsehen mit seinem Begehren hatte. Der Parkplatz vor dem Baumarkt war wie immer voll ebenso die Parkplätze der großen Handelsketten. Auch an den Waschanlagen herrschte Hochbetrieb. Er fand es irgendwie irre, dass Menschen mit grauen Autos versuchten das Grau der Straße vom grau des Lackes wöchentlich zu entfernen. Irgendwie blöd dachte er. Bei einem Rubbellos entfernte man zwar auch die obere Fläche allerdings mit der Aussicht auf Gewinn. "Errubbelte" man eine Niete war das Gefühl doch ähnlich dem, welches die Fahrzeugbesitzer erleben mussten. "Vor dem Grau ist hinter dem Grau" oder "Grau bleibt Grau ob als Staub oder Lack" ereiferte er sich nun an der Einfallslosigkeit der Autolackierer und seiner Kunden. Als er an einem türkischen Laden vorbei fuhr hatte er plötzlich das Gefühl Gemüse und Obst einkaufen zu müssen. Die Türken verstanden es einfach jemanden Appetit zu machen durch die vollen und bunten Auslagen vor der eigentlichen Eingangstür ihres Laden. Wäre da nicht die leidliche Parkplatzsuche vor dem Geschäft gewesen, hätte er auch sicher angehalten und einiges eingekauft. Da fiel ihm die Zugfahrt nach Weihnachten ein. Er war schon lange nicht mehr Zug gefahren und war immer begeistert von diesem Fortbewegungsmittel. Es war so einfach selber nicht aufpassen zu müssen, ob links oder rechts eine Gefahr drohte, ob man bremsen musste und so weiter. Man löste ein Ticket setzte sich in den Zug und fuhr los. Der

Zeitplan wurde von der Deutschen Bahn auf seiner Hin- und Rückfahrt eingehalten. Da konnte er nicht meckern, erst später erfuhr er, dass die Deutsche Bahn so viele Reklamationen wie noch nie 2013 bekommen hatte. Bei der für Bahnfahrer zuständigen Schlichtungsstelle waren einem Zeitungsbericht zufolge noch nie so viele Beschwerden eingegangen wie in diesem Jahr. Bis zum zwanzigsten Dezember seien 3257 Schlichtungsanträge von Bahnreisenden eingegangen - gut 50 Prozent mehr als im vergangenen Jahr, schriebt die Süddeutsche Zeitung. Überwiegend gehe es um die Deutsche Bahn AG, teilte der Geschäftsführer der Stelle, Heinz Klewe, dem Blatt mit. In knapp der Hälfte der Fälle hätten Kunden sich über Verspätungen und Zugausfälle geärgert.

Mit fast zwei Milliarden Reisenden waren 2011 so viele Menschen mit den Zügen unterwegs wie nie zuvor, hatte er selbst irgendwann in Spiegel online gelesen.

Dagegen schienen ihm die 3257 Reklamationen doch schwindend gering zu sein.

Ganz toll empfand er es als ihm ein älterer Mann sofort beim Betreten des Abteilung einen Platz Anbot. Auf den ersten Blick war kein freier Sitz mehr zu sehen. Der ältere Mann hob seine neben ihm platzierten Taschen auf seinen Schoß und machte ihm den Platz frei. Das war eigentlich eine Selbstverständlichkeit doch sind Selbstverständlichkeiten bei uns leider nicht mehr selbstverständlich. Auch als er einmal nicht aufgepasst hatte, wann er um zu steigen hatte, half ihm sofort eine Frau, die ebenfalls als

Passagier im Zug unterwegs war. "Mein Gott was ist das für ein Kosmos", dachte er? Hier lebten miteinander völlig Fremde für ein paar Minuten oder Stunden zusammen und zelebrieren eine mögliche Titelseite eines Zeugen Jehovas Heftchen. Fremde im Einklang könnte in dicken Lettern darüber stehen. Er liebte sowieso die Geräusche eines Zuges und die Atmosphäre von Bahnhofshallen und Bahngleisen. Es war wie Magie für ihn. Er würde es wieder tun so schnell wie möglich. Ein Wochenend- Ticket lösen oder ein Baden Württemberg Ticket oder irgend ein anderes und würde wieder verreisen wenn auch nur für einen halben oder ganzen Tag. Man soll die Sehnsucht und ihre Gefühle nicht unterdrücken macht er sich klar. Das Ziel war nicht wichtig sondern das Gefühl zwischen dem Gedanken und der tatsächlichen Ankunft. Hier sollte man die guten Gefühle sammeln. Gleichermaßen nahm er sich vor Kurzstrecken von seinem Ort aus nun des Öfteren mit dem Regionalzug zu bewältigen. Auch die kurzen Momente zählten und machten Lust auf mehr. In jedem Fall konnte so sein angestrebtes Vorhaben nicht so schnell in Vergessenheit geraten. Das Zugfahren hatte ihn "be-swingt". Sein nächster Gedanke war allerdings bei denen, die täglich Zug fahren mussten. War bei diesen das Gefühl abgeebbt? Wurde dieses Erlebnis für Sie zum Alltagsgrau? Er glaube ja. Also musste man sich Ziele erhalten, sparsam mit ihnen umgehen oder genügend Gefühle für die Vielseitigkeit des Lebens entwickeln. Die Vielseitigkeit, die er ja auch beim Einkaufen und Essen so schätzte. Die

Vielseitigkeit der unterschiedlichen Kulturen kennenzulernen war eigentlich auch nur die Erweiterung des eigenen Horizontes. Natürlich war das immer Gleiche bequem, doch förderte es nicht Geist und Verstand. Wie konnte man aus dem täglichen Grau ausbrechen? Man musste dafür nicht verrückt sein oder egoistisch, man musste sich vielleicht nur die freien jugendlichen Gedanken erhalten. Man musste sich treu bleiben, seiner Seele nah sein und versuchen, das Leben im Ganzen zu sehen. Wer hat mehr Recht auf dieser Welt zu leben und wer hat weniger Recht auf dieser Welt zu leben? Das war keine Frage, denn eine Frage benötigt eine Antwort, um eine Frage zu sein. Diese Frage konnte niemand auf der Welt beantworten, auch wenn es immer viele versuchten. Jeder Mensch, jedes Tier, jede Pflanze, jedes Ding hatte einen Platz auf der Erde und wenn sich etwas davon drehte und verschob, wurde nur sein Platz ein anderer. Nicht mehr und nicht weniger.

****

Der Silvester Tag startete bei ihm gelassen. Mit ein paar Freunden würde er heute Abend Fondue essen, ansonsten war der Tag bis dahin frei. Er las auf focus.de einiges über Nationen und ihren eigenen Bräuche in der letzten Nacht im Jahr. Während die Deutschen bekanntlich mit Raketen und Böllern, Feuerzangenbowle und Fondue ins neue Jahr starteten, ging es im Land von Amore und Latin Lover auch in der Silvesternacht wohl heiß her. Das Utensil, das bei den Damen unter keiner Kleidung fehlen durfte: rote Unterwäsche, BH, Strings, Strapse, Spitzenhöschen oder Boxershorts und sogar Liebestöter in rot versprachen Trägerin und Träger Glück und Erfolg im neuen Jahr. Wer selbst keine rote Unterwäsche besaß, konnte immer damit rechnen, dass er das Zeugs in rot geschenkt bekommen würde. Das fand er gar nicht so schlecht als Idee. Von niemandem seiner Silvestergesellschaft wusste er, ob diese oder dieser rote Unterwäsche überhaupt besaß. Mexikaner trugen in der letzten Nacht des Jahres auch gerne rote Unterwäsche, denn Rot steht ja bekanntlich für Liebe. Aber auch Gelbe waren in dem mittelamerikanische Land verbreitet, da Gelb für Geld steht. In Argentinien hingegen kleidete sich die Damenwelt an Silvester darunter am liebsten in Pink. Ferner befreite man sich in Argentinien am letzten Tag des Jahres von Altlasten. Aus diesem Grund hat es im südamerikanischen Staat Tradition, alte Unterlagen und Papiere, auf die man im neuen Jahr verzichten kann, zu vernichten. Die Papiere wurden dabei sorgsam in kleine Schnipsel zerrissen und aus dem Fenster geworfen, um sich so der alten Last zu entledigen. Somit schien es an Silvester in ganz Argentinien zu schneien – und das bei sommerlichen Temperaturen.

Die Franzosen begrüßten das neue Jahr stilvoll mit Champagner, Gänseleber und Austern. Natürlich gab es auch große öffentliche Silvesterpartys, da gab es dann " Küsschen, Küsschen" und es wurde jedem "Bonne ann´ee" gewünscht.

Das größte Spektakel Großbritanniens fand am Riesenrad London Eye statt. Dort versammelten sich Jahr für Jahr hundertausende Menschen, um das pompöse Lichterspiel zu bestaunen, allerdings handelte es sich bei dem Feuerwerk nicht um echte Böller und Raketen, sondern um eine Spektakel aus Licht und Laser.

In Russland saßen die Familien um den Tannenbaum und ließen es sich so richtig schmecken.

Die russische Silvesterlegende für Kinder klang so: In der Neujahrsnacht saust Väterchen Frost auf seinem Pferdeschlitten mit seiner Begleiterin "Snegurotschka", auf Deutsch übersetzt heißt das "Schneeflöckchen", durch das Land und verteilt Geschenke. Für Erwachsene heißt das: Alle Überraschungen für die Kleinen in deren Betten zu verstecken. Die russisch-orthodoxe Kirche richtet sich anders als die westliche Welt nicht nach dem Gregorianischen Kalender, sondern nach dem Julianischen. Neujahr wurde da erst am 13. Januar gefeiert. Ungewöhnlich war dabei auch der Brauch Asche in den Champagner zu streuen. Bevor die Kreml-Glocke die letzten zwölf Schläge des Jahres anstimmte, schrieben die Orthodoxen einen Wunsch für das neue Jahr auf ein Blatt Papier. Dieses wurde anschließend verbrannt und die Asche in ein Glas Champagner gestreut. Es heißt, dass der Wunsch in Erfüllung geht, wenn das Glas bis Punkt Mitternacht gelehrt wird.

Die Griechen liebten das Neujahrszocken, zu Hause oder im Casino. "Ein Schelm der Böses dabei denkt", dachte er. Laut einem alten tschechischen Brauchs las man dort die Zukunft aus dem Kerngehäuse eines Apfels. Bildeten die Kerne ein Kreuz, drohte Unheil, waren die Apfelkerne in Sternform ausgerichtet, verhieß es Glück. Linsen sollten im Süden der USA Glück und Geld bringen, da diese ein wenig wie Münzen aussahen. Wenigstens gab es auch Sauerkraut in manchen Teilen Pennsylvanias, dort wo sich einst viele Deutsche ansiedelten. "Nothing goes out" war hier das Motto am ersten Tag des Jahres. Nicht einmal der Müll sollte hinaus zur Tonne gebracht werden, sonst war das Unheil nahe.

Die Bulgaren schlugen sich da lieber zu Neujahr mit einem Ast auf den Rücken. In Österreich war der Donauwalzer eine feste Silvester Traditionen. In Spanien pflegt man zudem ein spezielles Mitternachts Ritual: Tausende von Menschen versammelten sich dort zum Jahreswechsel auf Marktplätzen hatten Weintrauben dabei, mindestens 12 Stück, also pro Gongschlag eine. Supermärkte boten für diese Silvesternacht extra Döschen mit 12 Trauben an. Nach jedem Verzehr dürfte man sich etwas wünschen. Wer sich verzählte dem drohte Unheil.

In Brasilien bevorzugte man am 31. Dezember weiße Kleidung, was Glück und Frieden für das neue Jahr bringen sollte, hieß es unter "stadtbekannt.at". In Kolumbien konnte es durchaus sein, dass ihr Nachbar mit einem leeren Koffer einmal ums Haus ging. Dafür stand ein Jahr voll Reisen in Aussicht, laut srf.ch.

Der Kurier.at wusste, dass in Schottland junge Männer an Hogmanay (schottisch für Silvester) kurz nach Mitternacht mit einem Kilt bekleidet und mit Whisky, Rosinenbrot und einem Stück Kohle bestückt durch die Straßen gingen und an Haustüren klingelten. Und wenn so ein junger Mann vor dem Haus stand, musste er auch unbedingt hinein gebeten werden. Einem altem Brauchtum nach bringe dies im kommenden Jahr Glück. Gegessen wurden an diesem Feiertag typisch schottische Delikatessen: Schwarze Laibe ("Black Bun") und "Haggis" (gefüllte Schafsmägen). Dazu gibt`s natürlich das Nationalgetränk – Whiskey. Am Neujahrstag wird dann üblicherweise der "Looney Dook" begangen: Die Menschen gehen in das eiskalte Wasser des Forth bei Edinburgh schwimmen. Das jüdische Neujahrfest Rosh Hashana (auf Deutsch: "Jahresbeginn") soll zur Umkehr anregen. Deshalb wird während der Gottesdienste in Israel auf einem Widderhorn geblasen. Dessen kräftigen Laute sollen dazu bewegen, das Jahr Revue passieren zu lassen und seine begangenen Taten zu überdenken. Weil nach jüdischer Auffassung Gott an diesem Tag sein Urteil über den Menschen in ein Buch einträgt, grüßt man sich mit dem Wunsch: "Du mögest für ein gutes Jahr eingeschrieben sein". In Japan dauert das Fest zum Jahreswechsel bis zum 7. Jänner. Es beginnt ruhig im Kreise der Familie. Nach drei Tagen wird die Ruhe von 108 Glockenschlägen unterbrochen, die von jedem Tempel des Landes schallen, als Symbol für die 108 Übel des alten Jahres, die damit vertrieben werden. Dann ist es an der Zeit laut und fröhlich das neue Jahr zu feiern. Typische Leckereien für das japanische

Neujahrfest sind Mochis: Knödel aus Klebereis, die gestampft und nach einem mehr als tausend Jahre alten Brauch zubereitet werden. Die Mochis sollen den Japanern Glück bringen. Der Verzehr geht allerdings nicht immer glücklich aus: Jedes Jahr ersticken Menschen an der klebrigen Teigmasse.

****

Auch zwei Tage nach Silvester war von neuerlichem Schnee keine Spur. Es regnete. Seit längerem fuhr er mal wieder an dem orangen Bagger vorbei, der immer noch gleich unbewegt im Matsch stand. Er selbst war heute schon recht früh unterwegs, gezwungenermaßen allerdings, denn ein Paketdienst hatte schon sehr früh an seiner Haustüre geklingelt. Der freundliche Mann, mit dem polnischen oder irgendeinem anderen östlichen Akzent, wünschte ihm noch: "Und a happy New Year", nachdem er das Paket überreicht hatte. Schlaftrunken, verstrubelt und noch nicht ganz bei Sinnen zeichnete er die Sendung gegen und schloss die Haustüre. Im nachhinein wusste er nicht einmal mehr, ob er den Neujahresgruß erwidert hatte, vermutete das allerdings, da dies zu den höflichen Floskeln gehörte, die automatisch über seine Lippen kamen.
Bei der Fahrt merkte er, dass seine Augen immer noch müde waren, seine Nase verschnupft und er sich insgesamt sehr urlaubsreif fühlte, obwohl er sich ja bereits im Urlaub befand und das nicht erst seit gestern. Sein Auto bewegte er durch die

Innenstadt, die sich zusehens füllte, allerdings mehr mit Autos auf der Straße als mit Menschen auf den Gehwegen. Auch in dieser Stadt nervten ihn bald die elektronischen Geschwindigkeitsmesser, die mit breiten Grinsen oder mit beleidigter Miene die ganze Straße lang aufgebaut waren. Er erinnerte sich wohl wegen diesen Gesichtern an die guten alten Schallplatten mit dem "Nice Price" Button darauf und glaubte, dass er diese Aufkleber später auch auf CDs gesehen hatte.
Nice Price das wäre quasi, wenn hinter dem "Nice Price Geschwindigkeitsmesser" eine echte Radarstation ein Foto machen würde, mit entsprechender Auswertung natürlich!
Vielleicht wäre dann nach dem Radargerät ein Nice Price Plakat angebracht, drauf steht welche städtische Idee man mit dem gerade verlorenen Geld unterstützt. In der WAZ hatte er mal so was witziges darüber gelesen.
Dort sollte der Erhalt des Freibades im Homberger "Kombibad" mit Einnahmen aus einem vierten Blitzer-Wagen der Stadt zum Teil mit finanziert werden. Also Homberger, drückt aufs Gas fürs Freibad. "Schilda lässt grüßen", erboste sich laut der WAZ Susanne Matthey, eine ihm natürlich völlig unbekannte Frau.
Geht das ganze jetzt um Verkehrssicherheit oder darum dem Bürger das Geld aus der Tasche zu ziehen, grübelte er? Beim letzteren würde er, wäre er Bürgermeister oder Verantwortlicher, natürlich vor der elektrischen Geschwindigkeitsmessung, ein Nice Price Schild anbringen damit man wusste, wo gerade Geld von

der Stadt benötigt würde und je nach Gefallen des Vorschlags hatte man ja genug Zeit abzubremsen oder sein Tempo nach "gut Dünken" zu erhöhen. Das wäre ja schon fast so eine Art Volksabstimmung, einfach genial, meinte er zu sich!!!
Naja, er hatte ja schon vieles gehört und erlebt und er glaubte zu wissen, dass auch ein unnötiges Beschleunigen des Autos, das Befahren einer Kurve mit quietschenden Reifen und das laute Zuknallen einer Autotür ein Bußgeld zur Folge haben konnte.
Mittlerweile fuhr er auf der Straße mit 22 Stundenkilometer anstatt mit den vorgeschriebenen 30. Auf einer der elektrischen Anzeigetafeln erschien die Stundenkilometerzahl und Danke!
Er war acht Kilometer zu langsam und er erwartete eigentlich auch ein Hinweis darauf, dieser kam aber nicht elektronisch sondern mittels Lichthupe des Hintermannes. Er beschleunigte sein Tempo nötigerweise auf 31 km und schon blinkte das nächste Teil wie wild und mit grimmigen Gesicht. Er war gerade mal einen Kilometer zu schnell gefahren! Wahrscheinlich würde es der Deutsche irgendwann mal schaffen sich selbst tot zu regeln, wenn er auch nicht wusste wie das gehen sollte.
Nach einigem hin- und her, viele Geschwindigkeitsmesser weiter, fuhr er langsam wieder hinaus auf eine Landstraße. Die Parkplätze der Super- und Baumärkte waren wieder voll, während die kleinen Firmen anscheinend noch ihren nachweihnachtlichen

Schlaf hielten. Selbst die Boxen des "Car Wash" waren um diese Zeit zur Hälfte leer. Langsam spürte er, dass nun wieder ein fast alltäglicher Kampf mit dem ca. acht Meter langem Intestinum (lat.), zu Deutsch Darm und in diesem Fall sein Darm begann. Es fing an zu drücken und er wusste, dass das jetzt langsam pressant wurde. Es war immer wieder der gleiche Kampf gegen die Zeit und gegen den verstärkt einsetzenden Darmdruck. Fieberhaft und wie so oft sondierte er gedanklich die Möglichkeiten, die sich für ihm ergaben: Autobahnraststätten, Kaffees, Lokale oder öffentliche Gebäude. Sein geistiges Auge sondierte noch die Entfernungen zu den einzelnen Zielen während seine nichtgeistigen Augen bereits ein kleines Kaffee erspäht hatte.
Der weitere Ablauf war ihm schon bekannt. Parkplatz suchen (das waren oft schon wichtige Minuten im Kampf gegen die Verstopfung oder unfreiwilligen Entleerung), ins Kaffee rein und hinsetzen (hoffen dass die Kellnerin schnell kommt), rasch einen Kaffee bestellen, um danach sofort in einer der Toiletten zu verschwinden. Meistens brachte er nur noch ein gequältes Lächeln bei der Begrüßung und Bestellung zustande. Oftmals dachte er, dass ihn die Bedienung gar nicht mehr verstehen könne, so sehr presste er seinen Körper zusammen, um die entscheidenden Sekunden noch zu gewinnen. Auf dem Weg in Richtung WC betete er, mit zusammengepressten Schenkeln, dass wenigstens eine Kabine noch frei sein möge,
dann stürzte er in diese, die eine Hand öffnete den Gürtel die zweite zog den Reißverschluss und

dann die Hosen, der Ellenbogen schloss die Türe, das Auge schaute nach Klopapier, die zweite Hand unterstützte die erste bei den Tätigkeiten, musste aber noch abschließen während er schon laxierte.
Es war so befreiend! Er stierte an die gegenüberliegende Wand mit lächelndem Gesicht aber auch mit einer gewissen Leere in den Augen. Der Kaffee danach, in Ruhe, war für ihn jedes Mal eine Wohltat.
Am Abend, zuhause gerade angekommen, klingelte es an seiner Haustüre. Vor ihm standen die Sternsinger mitsamt Begleitperson. Das fand er eigentlich richtig gut, dass man zumeist noch Kinder für so eine soziale Sache gewinnen konnte. Die Verkleideten trugen ein Spruch vor, sangen ein Lied und dann schloss er die Türe mit dem Hinweis, dass es so besser wäre mit der Kreide auf die Haustüre zu schreiben. Ein wenig später stopfte er den kleinsten Euroschein in die Dose, was aufgrund der Schlitzöffnung gar nicht so einfach war. Im Nachhinein meinte er, dass Münzen einfacher gewesen wären! Die Sternsinger zogen weiter und er schloss die Türe. Er hatte heute etwas für ihn entscheidendes gelernt, da er diesmal von Anfang bis Ende konzentriert zuhörte. Das Traditionelle C + M + B + Jahreszahl steht für den Segenswunsch: "Christus mansionem Benedicat", zu Deutsch : "Christus segne dieses Haus". Das C stand nicht für Caspar, das M nicht für Melchior und das B nicht für Baltasar. Dieser Unwahrheit war auch er seit seiner Kindheit aufgesessen und wusste es bis heute nicht besser. Da haben die selbst

unwissenden Eltern wohl nichts besseres gewusst als ihm diese Mär zu erzählen. Das würde aber sein Lob für die engagierten Kinder für eine gute Sache nicht schmälern.

Mehr als 50.000 Kinder in Baden Württemberg waren in den nächsten Tagen wieder als Sternsinger unterwegs. Im Fokus standen dieses Jahr Flüchtlingskinder, vor allem in Afrika, für diese Menschen würde in den nächsten Tagen gesammelt werden. Im vergangenen Jahr hatten die Sternsinger in Baden Württemberg rund neun Millionen Euro gesammelt. Bundesweit waren es stolze 43,97 Millionen Euro.

Das Sternsingen oder Dreikönigssingen war nach Angaben des katholischen Kinder Missionswerk "die Sternsinger" die größte Solidaritätsaktion von Kindern für Kinder weltweit.

Er fragte sich, auf seinem Sofa angekommen, ob man tatsächlich über Spenden eine Welt retten könne und hatte dabei doch große Zweifel. Wie viele Jahre spendeten wir Deutschen eigentlich schon an die dritte und vierte Welt? Waren es Millionen oder schon Milliarden die bereits zusammengekommen waren? Vielleicht konnte er sich einfach die Größe der ganzen Welt nicht vorstellen und das Ausmaß der ganzen Armut, die sich darauf befindet. Aber irgendwo musste doch irgendwann einmal etwas besser werden. Das schien ihm aber nicht so zu sein. Der größte Empfänger von Spenden, laut :"reset.org" war der afrikanische Kontinent, doch war die Nachhaltigkeit der Spenden oft nicht gegeben, da die Regierungen vieler afrikanischer Länder ihr Budget für die einzelnen Haushalte (Bildung,

Verkehr, Gesundheit, Wasserversorgung etc.) auch in dem Maße kürzten, wie sich das Spendenvolumen aus dem Ausland vorher abschätzen ließe. Selbstbedienung der Politiker und Verwaltung (Versickerung), hohe Rüstungsausgaben und Prestigeprojekte ohne wirtschaftlichen Nutzen stünden zudem an der Tagesordnung. Weiterhin hieß es, dass es definitive Zahlen über das Spendenvolumen in Deutschland nicht gibt. Das hatte einerseits mit der Definition zu tun, was mit eingerechnet wird und was nicht – so könnten sich z.B. auch die Kirchensteuern mit einrechnen lassen, da diese genau genommen Spenden sind. Die Gesellschaft für Konsumforschung (GfK) schätzte diesen Betrag auf etwa zwei Milliarden € jährlich (2008: 2.162, 2009: 2.097). Das Deutsche Zentralinstitut für soziale Fragen (DZI) schätzte das Spendenvolumen 2009 allein für soziale Zwecke auf 2,4 Mrd. EUR, das insgesamte Volumen auf 3 bis 5 Mrd. EUR jährlich. Das Marktforschungsinstitut TNSinfratest konstatiert in seinem jährlichen Spendenmonitor, dass 2009 insgesamt Geldspenden in Höhe von 2,9 Mrd. getätigt wurden.

Auf Wikipedia fand er weitere Erläuterungen dazu. Laut dem Welternährungsprogramm der Vereinten Nationen (WFP) leideten rund 870 Millionen Menschen weltweit an Hunger, etwa jeder achte (12%). Nach Angaben der FAO war die Zahl der Hungernden seit 1990 doch zurückgegangen. Dort litten noch eine Milliarde Menschen an Hunger (18,6% der Weltbevölkerung 1990) An den Folgen von

Hunger und Unterernährung starben und sterben mehr Menschen als an HIV/AIDS, Malaria und Tuberkulose zusammen. Jedes Jahr starben etwa 8,8 Millionen Menschen an Hunger, was einem Todesfall alle 3 Sekunden entspricht (Stand 2007). Häufig waren davon Kinder betroffen, jedes vierte war in Entwicklungsländern untergewichtig, so der Bericht auf Wikipedia.

Er kam zu der Erkenntnis, dass dieses durch die Politik geändert werden müsse. Vielleicht musste auch das einfache Volk viel stärker dafür eintreten, doch da hatte er Zweifel dass es gelang. Vielleicht sollten auch die Regierungen ein Spendenministerium einrichten, um die Spenden zu verwalten und zu verteilen. In diesem Fall war er vielleicht für die Zentralisierung solch einer Sache, denn letztendlich konnten dadurch mit Sicherheit Personalkosten und Unterhalt von Gebäuden die jedes Spendenunternehmen brauchte und extra errichtete, gesenkt werden. Natürlich durfte man das Spendenministerium und das Verteilen der Gelder nicht den Politikern alleine überlassen, das musste anders geregelt werden. Er dachte da an einen Ausschuss inklusive den "Bossen" der einzelnen Spendenunternehmen. Damit stünde wieder mehr Geld für die eigentlichen Spenden zu Verfügung. Wahrscheinlich wäre es aber generell besser überhaupt nicht mehr zu spenden, denn das würde doch den Druck auf die Politik ziemlich verstärken. Er hoffte bei diesen Gedanken natürlich nicht, dass irgendwelche Menschen Schaden diesbezüglich nehmen würden bis die Sache tatsächlich geklärt war. Er überlegte kurz wie das wäre, wenn alle Armen und Hungernden in Deutschland leben würden. Bei über 8 Millionen Toten jährlich wäre Deutschland nach 10 Jahren nahezu ausgerottet. Wenn man sich die Größenordnung so vorstellte, konnte es einem Angst und Bange werden. Für eine schlaue Idee hielt er es anstatt "Frauentausch" im TV zu senden, Kinder aus unseren Familien mal ein paar Tage mit den Afrikanischen zu tauschen. Das könnte das Spendenvolumen vielleicht verdoppeln und dem Fernsehen war ja sowieso nichts mehr heilig.

****

An diesem Tag fuhr er bis in die Nacht hinein. Die Spitzen der Sichel des Mondes waren links gerichtet. Mittlerweile war man ja verstärkt darauf gekommen die Straßenlaternen eher in orange als in Weiß zu gestalten was die Leuchtmittel betraf. Das machte zusammen mit den Neonreklamen der Geschäfte und den Ampelanlagen schon ein buntes Bild, vor allem wenn der Straßenbelag auch noch nass war. Die Scheinwerfer der Autos und vor allen Dingen die Bremslichter taten ein weiteres dazu. Für einen Januartag oder für eine Januarnacht war es immer noch nicht richtig kalt. Irgendwie erinnerte ihn die im gelben Licht scheinende Mondsichel an ein Croissant und genau da setzte sein Hunger ein. Leider hatte er den Erwerb eines Croissant bei seinem vorherigen Einkauf nicht berücksichtigt, dort schien ja kein Mond, was ihn vielleicht auf die Idee gebracht hätte. Er war fast schon traurig als er die Einfahrt in sein kleines Örtchen nahm, in dem er wohnte, so stark hat ihn die Atmosphäre da draußen bezaubert. In den meisten Häusern brannte Licht. Nach manch stürmischer Silvesternacht zogen es die Leute wahrscheinlich vor, die nächsten Tage verstärkt zu Hause aus zu harren, bis der Alltag beziehungsweise die Arbeit sie gänzlich wieder hatte. Irgendwie war es ihm auch so als ob doch noch ein paar Menschen irgendwelche beleuchtete Weihnachtsdekorationen aufgestellt oder aufgehängt hatten. Es schien in jedem Fall mehr zu sein als bei seiner letzten Inspektion vor einigen Tagen. So zottelte er gemütlich, 35 km schnell, durch die Ortsmitte um dann in eine Seitenstraße abzubiegen. Für heute Abend hatte er sich nichts mehr großes vorgenommen, gleichwohl dem überwiegenden Teil den Anderen im Ort. Er würde maximal seinen Ofen anschmeißen, genug Holz darauf legen und ein Buch lesen. Kein iPad, kein Kindl nur ein Buch mit richtigen Seite aus Papier und vor allen Dingen mit Duft. Von seiner Terrasse aus war der Mond nicht zu sehen. Er hatte angeheizt und verspürte nun doch den Drang ein bisschen noch draußen sitzen zu wollen. Hier war der Himmel nur dunkelblau bis schwarz. Eine Straßenlaterne in circa 50 Meter Abstand spendete ein bisschen Licht. Eine weitere, wenn auch schwache Lichtquelle, entdeckte er im Bad seiner Nachbarin, besser gesagt durch die Ritzen des nicht ganz geschlossenen Rollladen. Das war für ihn auch nicht weiter schlimm. Er schaute nur kurz um diese Lichtquelle zu orten, dann wandte er sich wieder seinen Gedanken zu (die Frau passte so überhaupt nicht in sein Beuteschema). Aus der Ferne hörte er noch immer Autos von links nach rechts und von rechts nach links auf der etwas entfernten Bundesstraße fahren. Das waren aber auch die einzige Geräusche, die er in diesem Momenten ausmachen konnte. So saß er nun einige Minuten da, ohne dass irgendetwas passierte. Was sollte auch passieren, die Menschen waren von Silvester müde von Weihnachten satt und zumeist durch den Urlaub noch fauler geworden. Selbst schloss er nun die Augen und überprüve nochmal den weiteren Ablauf des Abends. Er hatte eine Kiste Bier gekauft, ein Nasenspray und diverse Utensilien, sprich Lebensmitteln, die man im Alltag durchaus brauchen konnte. Es wurde der angedachte Abend vor dem Kamin mit einem Buch in der Hand, einem Bier neben sich und der Erkenntnis, dass er keinen Hunger verspürte, verbringen. Die Füße lagen leicht erhöht auf dem Wohnzimmertisch und sein Blick wechselte zwischen den Buchstaben und dem Kaminfeuer öfters hin und her. Sein Traum war immer ein Ohrensessel gewesen vor allen Dingen zum Lesen. Doch in diesem Zimmer musste der Traum ein Traum bleiben, denn er wollte nicht dauernd über seine Träume stolpern müssen. So blieb die Couch und als leichte Erhöhung der Füße der Tisch. Nun gab es eine Zeit, in der er gar nicht dachte, er konnte sich in jedem Fall an nichts erinnern, auch im Nachhinein nicht. Dies war eine Leere, die man vielleicht in den unendlichen Weiten des Universum spüren konnte oder in einem

Gefängnis. Im Hintergrund brummten immer noch ein paar Fahrzeuge auf der Bundesstraße. Das Essen kam ihm nochmal in den Sinn, doch er fand keinen Gefallen daran sich nun etwas zubereiten zu müssen und hungerte weiter. Die Tüte Chips ließ er sich als Option offen. Er lauschte der Kirchturmglocke die in diesem Moment zu schlagen anfing. Glockenklang fand er immer schon sehr schön, an Weihnachten sogar doppelt so schön. Bei diesem Geräusch verdoppelte sich meistens seine Besinnlichkeit. Es gab Menschen, die gegen das Leuten einer Kirchenglocke protestieren und bis vor ein Gericht zogen. Es war doch so vieles auf der Welt lauter als eine Kirchenglocke. Man konnte sich doch ganz leicht darauf einstellen zumindest zeitlich. Somit war das Geräusch doch kein Geräusch, das weder jemanden erschrecken konnte noch die zulässige Dezibel Zahl für Lärmschutz überschritt. Er glaubte dass Leute die ein Problem mit der Kirche als Institution hatten, hier besonders empfindlich reagierten. Ein Glockensachverständiger namens Kurt Kramer berichtete auf: www2.evangelisch.de darüber und gab folgende Auskunft: "Grundsätzlich dürfen Glocken 65 Dezibel laut schlagen". 65 Dezibel - das kann ein sehr lauter Fernseher oder eine eher stille Werkshallenatmosphäre sein. Tagsüber seien es sogar 85 Dezibel, das entspräche in etwa dem Geräuschpegel, den ein lautes Motorrad verursachte. Gemessen werden diese Lautstärken der Kirchenglocken nicht direkt am Geläut im Turm, "sondern immer bei dem nächstgelegenen Nachbarn - nicht dem Beschwerdeführer", erläutert der Karlsruher Experte weiter. Nähmaschinen und Gruppengespräche lagen bei ca. 60 Dezibel und der normale Verkehrslärm bei ca. 75 Dezibel konnte er später in Erfahrung bringen. Selbst ein Symphoniekonzert lag bei etwa 110 Dezibel. Natürlich konnte man sich immer wieder über irgendetwas aufregen jedoch zog er es vor dieses nicht zu tun. Er hatte einfach solche Geräusche in seinen Alltag integriert und diese darüber hinaus als positiv in seinem Kopf vermerkt. Das gestaltete sich ebenso bei Partys, die im Sommer öfters und gerne einmal auch länger und somit lauter gefeiert wurden. Es war positiv, dass Menschen zusammen saßen, einander verstanden und ein paar unbeschwerte Stunden erleben durften. Natürlich brauchte auch er manchmal länger, um bei diesem Krach einzuschlafen doch es gelang ihm immer. Eine Nacht mit wenig Schlaf würde er schon aushalten und der Beweis war tatsächlich, dass er noch lebte. Ein anderes Mal würde er vielleicht ein Fest feiern und die lieben Nachbarn müssten dieses ertragen oder sogar mitfeiern. Da sich draußen überhaupt nichts mehr tat, ging er nun endlich gemächlich in seinem Wohnzimmer und auf das Sofa. Ein paar abgebrannte Holzscheite und einige Seiten eines Buches weiter begab er sich nochmal auf seine Terrasse. Hier war immer noch kein Mond zu sehen. Der Badrollladen der Nachbarin war nun gänzlich geschlossen dafür brannte nun im Flur des Erdgeschosses Licht. Die Straßenlaterne war mittlerweile erloschen. Immer noch fuhren wenn auch merklich weniger, Autos auf der Bundesstraße, die er nicht einsehen aber doch hören konnte. Zufälligerweise schlug die Turmuhr wieder. Er glaubte, seinen Augen erst nicht mehr trauen zu können, doch bei näherem Hinsehen konnte er tatsächlich bestätigen, dass auf seinen Rasen die ersten Margeriten blühten. Für Anfang Januar recht seltsam dachte er. Naja es war ja auch mehr Frühlingswetter als Winterwetter. Sein Schnupfen schien sich zu verstärken und seine Augen waren immer noch müde. Er schaute noch ein wenig gedankenverloren in den Nachthimmel, der keinen einzigen Stern am Himmel trug. Schließlich entschied er sich ins Bett zu gehen.

****

Der nächste Morgen begann für ihn ohne Frühstück.
Er hatte sich für heute vorgenommen, das etwas in die Jahre gekommene Garagentor zu richten. An einigen Stellen hatte das Tor reichlich Rost angesetzt. Gestern hatte es noch ein bisschen entrostet und abgeschliffen. Diesbezüglich hatte er einen Metallschutzlack käuflich erworben. Wie es sich gehörte, las er die Hinweise auf der Spraydose durch. Er hatte die zu bearbeitende Fläche gereinigt, lose und nicht tragfähige alte Anstriche und Rost entfernt und schüttelte nun die Dose bist die Mischkugel deutlich hörbar anschlug. Stutzig wurde er ab dem Hinweis, dass dieser Lack überlackierbar war, innerhalb von 2 Stunden oder erst nach 24 Stunden. Was jetzt, 2 Stunden oder 24 Stunden dachte er? Und warum sollte man ein Schutzlack, der Schutz und Lackierung in einem Arbeitsgang erledigte,

überlackieren? Er hatte ja schließlich diese Farbe ausgewählt. Bei den Achtungshinweisen musste er lachen, denn da stand unter anderem, dass beim Verschlucken sofort ärztlichen Rat einzuholen war. Man sollte die Verpackung oder das Etikett dabei mit vorzeigen. Warum um Gottes Willen sollte er diese Dose verschlucken wollen? Und wenn er sie verschluckt hätte, wie sollte er das Etikett vorzeigen? Es gab bekanntlich sehr viele skurrile Dinge im Leben und so erinnerte er sich an einen Bericht des Berliner Kuriers mit wirklich skurrilen Sachen. Billardkugeln im "Anus" - Experten packen über die peinlichsten Sex-Pannen aus, stand da.
Jede dritte Frau hatte demnach inzwischen einen Vibrator. Doch auch Männer waren kreativ, auch wenn dies teilweise sehr skurrile Formen annahm. So streifen sich manche Schraubschellen für Abwasserrohre um den Penis oder können Cola-Flaschen wegen des Unterdrucks nicht mehr ohne Hilfe entfernen. Jürgen Potempa, ein Sexualtherapeut, musste mal einer Frau eine 2,31 Meter lange Wäscheleine aus dem Unterleib holen. Auch zwei homosexuelle Kölner riefen um Hilfe, da sie sich zur Dehnung des Anus zwei Billardkugeln einführten. Auf etwas Mitleid konnte ein Mann hoffen, dem beim Liebesspiel der Penis in der Besucherritze des Hotelbetts stecken blieb und auf Handballgröße anschwoll. Er packte sein bestes Stück in ein feuchtes Handtuch und fuhr zu dem Urologen seines Vertrauens, da er sich keinem Quacksalber anvertrauen wollte. Hier endete der Bericht, doch ihm gefiel diese Art von Berichterstattung, die

zeigte, dass die Menschheit doch wohl nicht mehr zu retten war und stieß im Internet auf ein weiteres Zeugnis davon. Laut Shortnews.de (6.5.2009) fand in San Francisco (USA) ein "Masturbate-a-thon" statt. Über hundert Menschen nahmen beim Onanierwettbewerb teil. Titel gab es in den Kategorien "am längsten masturbieren", "weit spritzen" und "meiste Orgasmen". Der bisherige Champion der Selbstbefriedigung, Masanobu Sato, ein japanischer Manager, konnte seinen Rekord verteidigen und sogar noch auf neun Stunden und 33 Minuten ausbauen. Beim Ejakulatweitspritzen lag der Rekord am Ende des Wettbewerbs bei knapp 1,60 Metern.

Beim Orgasmuswettbewerb reichten 31 Höhepunkte zum Erfolg, wobei nicht bekannt gegeben wurde, wer den Titel bekam.

Bereits aus dem Jahr 2006 war ein Bericht in Spiegel-Online, der wie folgt aufgemacht war: "Schaufenster-Sex: Orgie mit Kaufhauspuppen" Weiter war darin zu lesen: Istanbul - Die Angestellten fanden den 30-jährigen am Morgen selig schlummernd zwischen den drei entkleideten Plastikfrauen. Türkischen Zeitungsberichten zufolge hatte sich der Mann aus Antalya für sein heimliches Liebesabenteuer über Nacht in dem Geschäft einschließen lassen. Der Mann wurde unsanft geweckt: Das Kaufhauspersonal übergab ihn der Polizei, die ihn vorläufig festnahm. Die Beamten nahmen auch eine der Schaufensterpuppen mit, an der sie Bissspuren und Sperma feststellten. Der Puppen-

Liebhaber musste sich jetzt auf eine Strafe wegen Sachbeschädigung einstellen.

Irgendwie war er dann auf Stern.de gelandet und wechselte somit vom absoluten Blödsinn zum absoluteren Blödsinn. "Stecken Sie niemanden in diese Waschmaschine" - dieser gute gemeinte Rat hatte das Rennen um den Preis für den verrücktesten Verbraucherhinweis auf Produkten in den USA gemacht. Der zweite Preis ging an "Benutzen Sie kein brennendes Streichholz, um den Benzinstand zu prüfen." Auf den dritten Rang wurde der Aufdruck "Nicht bügeln" auf einem Lotto-Schein gewählt, knapp vor "Trocknen Sie Ihr Handy nicht in der Mikrowelle". Der Schwachsinn kannte tatsächlich überhaupt keine Grenzen und weil die Menschen wohl so doof geworden sind oder bereits waren, musste man solche Hinweise auf alle Produkte beziehungsweise auf deren Gebrauchsanweisungen anbringen. Da dann ein Richter ja auch davon ausgehen musste, dass die Menschheit durchweg doof war und Rechtsanwälte nicht ganz so doof waren wie ihre Klienten, gab der Richter den Doofen auf dieser Welt recht und deswegen mussten Unternehmen auf der ganzen Welt doofe Sachen auf ihre verkauften Produkte schreiben. Er fragte sich, wer wohl auf den Gedanken kommen würde, ein Kleid im angezogenen Zustand zu bügeln, es sei denn ihre Nebenbuhlerin steckte darin?

Und wenn sich jemand für eine Sauna aus dem Katalog interessierte, schmälerte sich sein Glück, da alle Modelle ohne Dekoration verkauft wurden. Die hübschen Frauen oder Männer, also

Teile der Dekoration, müssten dann im Kalten sitzen bleiben während die Spedition schon mit der Sauna auf dem Weg zum Käufer war.
Er hätte vom "Bild weg" die Frau in der Sauna aus der Sauna gerettet, aber selbige war ja nicht im Lieferumfang.
Vielleicht war auch nicht allen klar, dass ein Rasenmäher nicht zum Heckenschneiden konzipiert wurde.
Über den Hinweis, dass Schlafmittel Müdigkeit erzeugen können, war er dann echt verdattert, war das denn nicht die einzige Aufgabe des Produktes? Man stelle sich das vor: Sie gehen in eine Apotheke und fragen die Apothekerin nach einem Schlafmittel. Diese bringt ihnen eine Packung. Um auf Nummer Sicher zu gehen, fragen Sie dann die Fachfrau sicherheitshalber, ob man davon auch wirklich Müde wird? Er als Apotheker, was er ja nicht war, würde dann vielleicht doch eher zusätzlich noch ein Psychopharmaka empfehlen und einen kostenlosen Besuch beim Hausarzt. Den Psychologen würde er als Apotheke gegenüber der Kundin nicht erwähnen, diese Maßnahme startete ziemlich sicher der Hausarzt mittels Überweisung, da ansonsten vielleicht die Kundin auf der Couch des Physiotherapeuts landet anstatt auf der Couch des Psychologen. Physio und Psycho könnten seiner Meinung nach selbst in einer Wachphase gern mal verwechselt werden.

****

Auch der 4. Januar brachte Regen, der mittags noch ergiebiger wurde. Langsam machte er sich Sorgen um die Salzvorräte der Kommunen und Gemeinden, aber das sei nur am Rande erwähnt. Natürlich konnte noch genügend Winter kommen. Heute sollte sein großer Tag werden. Er hatte sich fest vorgenommen am nächsten Supermarkt, nach einem kleinen Einkauf bestehend aus Fleisch für das heutige Mittagessen, nun endlich die Lackfarben im größeren Stil zu analysieren. Davor noch wollte beziehungsweise musste er noch tanken gehen. Er beschloss zu dem Stück Fleisch eine Tiefkühlpackung Gemüse und Nudeln für die Pfanne mit einzukaufen, da er sich nicht mehr sicher war, ob er noch Tiefkühlgemüse zuhause hatte. Im allgemeinen liebte er einkaufen. Es war schön einmal mit nichts anderem beschäftigt zu sein, als nur Produkte anzuschauen und dabei zu entscheiden, ob dies das richtige Produkt für einen wäre. Natürlich machte das nur Spaß, wenn man Zeit dafür hatte beziehungsweise sich Zeit dafür nahm beziehungsweise sich Zeit dafür nehmen konnte. Beim Blick auf den Supermarktparkplatz glaubte er seinen Augen nicht trauen zu können. Widererwartend befanden sich fast keine Autos auf dem Gelände, was ja für seinen Einkauf gut war, für seine bevorstehende Analyse eher schlecht. Trotzdem ein Vorsatz war ein Vorsatz und so begann er nach dem Einparken: silber, silber, schwarz und silber, rot, blau, weiß, schwarz, weiß, schwarz, blau, silber, silber, schwarz, schwarz, blau, silber und arktisblau, das war nämlich die Farbe seines

Fahrzeuges. Wobei er gar nicht mehr sicher war
ob es Arktis blau oder Arktisgrau war.
Er wertete es als Blau.

"Gedankliche Aufzeichnung 6"

Grau-Silber: IIIIII
Blau: IIII
Weiß: II
Grün: -
Gelb:-
Rot: I
Schwarz: IIIII
Braun: -

Der kleine Einkauf endete damit, dass er mit einer
komplett vollen Tragetasche plus unter den Arm
geklemmter Getränke den Supermarkt verließ. Er
kaufte einfach zu gerne ein. Insgesamt war es ja
gar nicht so viel und der Endbetrag belief sich auf
17 Euro und ein paar Zerquetschte. Die
Kassiererin im Supermarkt nahm ihm gerade mal
mürrisch ein Hallo ab, was ihn sofort in seiner
Laune nach unten steuerte. Die Person schaute
ihren Kunden nicht einmal an. Er wollte die paar
Produkte gleich in die Einkaufstüte packen, doch
das wilde Nachschieben der Kassiererin zeigte
deutlich, was sie davon hielt und schob die
Produkte immer schneller nach. Es war ja nicht
so, dass viel los war in dem Laden, es befand sich
auch niemand hinter ihm in der Schlange. So
schmiss er nun die restlichen Sachen in den
Einkaufswagen und tütete halt später ein. Die
Kassiererin zog die Produkte über den Scanner

und flugs übernahm er quasi fliegend das Produkt aus ihrer Hand und warf es in den Einkaufswagen. Aus der Ferne sah das sicher fast schon harmonisch aus so synchron waren ihre Bewegungen. Harmonisch bedingt lag es aber nur an ihm da er sich dem ganzen anpasste. Es ging ja sicher nicht mehr lang dann konnte er sich bei der Mürrischen verabschieden. Diese wollte ihm gerade das Rückgeld in die Hand geben doch ihre schwungvolle Bewegung, ohne ausreichend geschlossene Finger, verteilte ein Teil der Münzen im Fußraum. Den anderen Teil wollte sie noch schnell in seine Hand drücken, dieses misslang ihr aber ebenso gründlich. So sammelte sie nun oben und unten verlegen mürrisch die Münzen wieder ein und übergab diese dann mit einer mehrfachen Entschuldigung. Diese ausgleichende Gerechtigkeit hatte ganz ohne seine Fernehypnose geklappt, das musste auch so sein, denn er konnte überhaupt niemanden hypnotisieren. Bei seiner endgültigen Verabschiedung lächelte er freundlich und wünschte noch einen schönen Tag.

****

Nun waren sie endgültig für jedermann vorbei, die Weihnachtsferien. So war es auch nicht verwunderlich, dass die Straßen schon am Morgen früh voller waren also in den noch dunklen Morgenstunden der Wochen zuvor. Er hätte gerne in die Fahrzeuge geschaut, die Gesichter angesehen, um feststellen zu können, ob eben diese nun erholt aussahen oder urlaubsreif dreinblickten. Leider war es dafür zu dunkel. Auch er selbst hatte gestern noch das

Gefühl nun erst einmal ausspannen zu müssen, was aber natürlich nach einem Urlaub nicht drin war. An so einem ersten Arbeitstag hatte er die Angewohnheit alles 5 mal kontrollieren zu müssen. Hatte er auch nichts vergessen? Er tastete mehrmals seine Taschen, an Jacke und Hose ab, um sich zu vergewissern. Der Automatismus musste erst wieder auf seine Verlässlichkeit geprüft werden. Es hatte schon früh am Morgen Plusgrade und der Wetterbericht versprach auch bis Ende der Woche keinen Schnee und viel zu warme Temperaturen für Januar. Irgendwie fühlte er sich ab der heutigen Szene an einem Ameisenhaufen erinnert. Von allen Seiten drangen die Autos auf die Hauptstraße, kamen ihm entgegen oder fuhren hinter ihm. Jeder hat wieder seine Aufgabe und ging bzw. fuhr seinen Weg. "Beleuchtete Ameisen" schoss es ihm durch den Kopf. Die Hügel und die Welt hoben sich in ihre Dunkelheit kaum vom Himmel ab, so dass er bildlich ins Schwarze fuhr. Kilometer für Kilometer kam er voran und so monoton das Fahren war, so monoton gestalteten sich auch seine Gedanken. Die Augen nach vorne gerichtet, jeder Teil des Körpers, den man zum Autofahren benötigte, tat seinen Dienst und sein Gehirn war auch damit beschäftigt nur das Nötigste zu tun. Es gab schon Tage da wusste er überhaupt nicht mehr auf welche Strecke er gefahren war, um an den Punkt zu gelangen, an dem er sich dann befand. Selbst unter anstrengendem Nachdenken gelang es ihm manchmal nicht im Nachhinein die Strecke nochmal gedanklich nachzuvollziehen. Auto und automatisch lagen dann ganz eng beisammen, was ihm allerdings Angst machte. Ein elektronischer Nice Price Kasten überprüfte gratis seine Geschwindigkeit. Das nutzte er um diese Geschwindigkeitsmessung mit seiner Tachoanzeige zu vergleichen. Er war mit dem Ergebnis zufrieden und grinste mit einem "Nice-Price" Lächeln zurück. Allerdings wusste er auf dieser Strecke, dass diese Kiste die Einzige seiner Art war und so vergaß er sich wieder bei seiner Fahrt. Als er nun einige Zeit schon auf der Autobahn fuhr, erinnerte er sich an den Zeitungsbericht im Schwarzwälder Boten vom heutigen Tage, den er beim Frühstück gelesen hatte. Dort hatte eine Geisterfahrt am Samstagabend einen schweren Unfall zufolge. Die Falschfahrerin flüchtete nach dem Unfall, am Montagmittag stellte sich die 28 - jährige in Schramberg der Polizei. Nach dem Unfall am Samstag und bis Montag hatte es so ausgesehen, als ob die Polizei aufwendig nach der Geisterfahrerin suchen musste. Die Polizei beschlagnahmte den Führerschein der 28 - jährigen. Sie würde nun wegen Straßenverkehrsgefährdung, Unfallflucht und fahrlässige Körperverletzung angezeigt. Die 28 - jährige aus dem Raum Rottweil sagte in der Vernehmung am Montagnachmittag, dass sie nicht erklären könne, wie sie am Samstag nach der Sparkassen Arena auf die falsche Fahrbahn der B27 gekommen sei. Als ihr mehrere Fahrzeuge mit Lichthupe entgegen kamen, habe sie erkannt, dass sie sich auf der falschen Fahrbahn befinde. Die Frau fuhr trotzdem

mehrere Kilometer auf der falschen Seite in Richtung Hechingen, vermutlich bis zur Ausfahrt Brielhof unterhalb der Burg Hohenzollern, weiter; etwa 20 Autofahrer meldeten sich bei der Polizei und gaben an, gefährdet worden zu sein. Der von ihr verursache Unfall ereignete sich am frühen Samstagabend, nach 18 Uhr 15. In Richtung Balingen fuhr zu dieser Zeit ein 62 jähriger aus dem Raum Tübingen mit seiner Frau in einem Skoda Octavia auf der linken Spur der B27. Als er die Geisterfahrerin bemerkte, lenkte er seinen Wagen blitzschnell nach rechts, um auszuweichen. Vermutlich, so die Polizei, berührte er dabei den Renault eines 34 - jährigen aus dem Raum Heidelberg, der ebenfalls nach rechts auswich - dann aber von der Straße auf die steile Böschung abkam. Der Wagen überschlug sich, der 34 - jährige uns sein 16 - jähriger Beifahrer wurden schwer verletzt, die Geisterfahrerin machte sich nach dem Unfall aus dem Staub, fuhr weiter in Richtung Hechingen, obwohl sie den Unfall "unter normalen Umständen mitbekommen haben musste", wie ein Polizeisprecher mitteilte. Gegenüber der Polizei gab die Frau an, dass sie den Unfall nicht bemerkt habe. Nach eigenen Angaben erfuhr sie von dem Unfall erst am Sonntag übers Internet. Angesichts der Länge der Geisterfahrt sprach die Polizei von einem "glimpflichen" Verlauf. Es sei "ein Wunder", dass es zu keinem Frontalzusammenstoß gekommen sei.
Nun ja, er war ja auch viel auf Straßen und Autobahnen unterwegs, aber es erschloss sich ihm nicht, wie man derart "falsch" fahren kann.

Geistig verwirrt oder vollkommen abgelenkt, was man allerdings nicht nur beim Autofahren nicht sein sollte, etwas anderes konnte er sich dabei nicht vorstellen. Da Frauen auch öfters mal links und rechts verwechselten konnte er dieses als Ursache auch nicht ganz ausschließen.
Jedoch musste er sich hierbei von Quarks & Co (WDR) belehren lassen. Das Gerücht in Sachen Orientierung hielt sich ja hartnäckig und dass Frauen öfter als Männer rechts und links verwechseln würden. So unklar viele andere Befunde zum Thema Orientierung waren - hier spracht die Wissenschaft eine klare Sprache: Frauen verwechselten nicht häufiger als Männer rechts und links. Aber sie zweifelten eher als Männer an ihrer „Rechts-Links-Sicherheit". Möglich, dass sie durch diese Selbstzweifel tatsächlich häufiger die Richtungen verwechseln – das wäre dann eine selbsterfüllende Prophezeiung.
Er verwechselte links und rechts eigentlich nie, zumindest konnte er sich an keinen solchen Vorfall erinnern. Links und rechts gibt es ja schon mehrere Jahre, vielleicht tausende, das sollte doch wohl jeder Mensch bis heute begriffen haben, dachte er.
Links und rechts zu verwechseln wäre ja fast so wie an einen Bankautomat Geld abheben zu wollen und dabei verzweifelt, aber bestimmt, versuchte das Restgeld aus seinem Portmonaie in den Auszahlungsschacht zu drücken.
Stern.de berichtete bereits am 10. März 2013 darüber, dass es ca. 80 Unfälle jährlich in Deutschland gibt, verursacht durch Falschfahrer.

Bei jeder zweiten Karambolage gab es demnach Verletzte, bei jeder sechsten kamen Menschen ums Leben, das ergab eine Berechnung der Universität Wuppertal für die Bundesanstalt für Straßenwesen.
Übrigens meinte er gelesen zu haben, dass es in Frankreich und Italien kaum Probleme mit Falschfahrern gab, da an den Ausfahrten in der Regel eine Mautstelle passiert werden musste.
Die Pkw-Maut für Ausländer sollte nach den Plänen des neuen Bundesverkehrsministers Alexander Dobrindt (CSU) im Laufe des Jahres 2015 in Form einer Vignette über 100 Euro eingeführt werden, hatte er schon mehrfach gehört.
Vielleicht musste man dem Verkehrsminister einen Tipp bzgl. Maut und Mautstellen, nach italienischem Vorbild, geben, dachte er, denn so könnte der Politiker gleich zwei Fliegen mit einer Klappe schlagen: "Geld für das Reich" & "Geisterfahrer adieu"!!!
Da er aber nicht genau wusste wie viele Ausländer auch in Deutschland Geisterfahrer waren, verwarf er die Idee mit dem Tipp.
Er war aber gespannt darauf, ob Herr Dobrindt nicht selbst auf die Idee mit den Mautstellen kam, natürlich sollten dann auch die Deutschen dafür zahlen und als Bonus dafür würde der CSU Politiker die Geisterfahrer mit abschaffen!!!!
Momentan hielt er, wohl aus Phantasielosigkeit, an der "halbausgegorenen" Vignettenlösung fest, die "einen Milliardenbetrag in einer vierjährigen Legislaturperiode" einbringe sollte.

****

Die vergangene Nacht war eine schreckliche für ihn. Zuerst konnte er nicht einschlafen, dann träumte er noch schlecht. Er träumt nicht oft, jedenfalls konnte er sich nur ganz selten an seine Träume erinnern. Dieser Traum heute Nacht war sehr wirr und zusammenhangslos. Der Film der in seinem Kopf ablief war "Jazz". Es gelang ihm aber nicht, große Teile davon wieder in das Bewusstsein zu bringen. Die Farben und Szenen waren am nächsten Morgen schon verblasst. Wenn dieses Drehbuch sein Kopf geschrieben hatte, dann musste es wohl sehr schlecht um seinen geistigen Zustand bestellt sein, dachte er. Da war ja ganz schön viel Unerforschtes in der Birne, war sein Resümee. Wollte da sein ungenutztes Teil Hirn seine Aufmerksamkeit und sich dabei wieder einmal in Erinnerung bringen? Heute wollte er sicherheitshalber überprüfen, ob nicht vielleicht Vollmond wäre, das würde wenigstens das schlechte Einschlafen erklären. Einschlafen war sonst nie ein Problem für ihn, allerdings glaube er sich doch daran zu erinnern, dass in der kürzeren Vergangenheit ein paar Nächte problematischer waren als gewohnt. Lag es wirklich an den Vollmondnächten? Wenn das so wäre würde es ihn beruhigen, denn dann wäre die Ursache ja geklärt.
An zwei wiederkehrende Traumsequenzen, aus früherer Zeit, konnte er sich noch erinnern.
Da stand er auf einem Regenbogen bzw. bestieg diesen um dann von "oben" herunter zu sehen,

allerdings konnte er sich nicht daran erinnern jemals "das Unten" gesehen zu haben.
Er glaubte, dass der Traum unmittelbar mit Asgard zusammenhinge, vielmehr mit seiner früheren Leidenschaft Comic-Heftchen zu lesen. Da musste Thor oftmals über die Regenbogenbrücke "Bifrost" schreiten, die die Brücke zwischen Asgard und Midgard war.
Nicht das er sich wie Thor fühlte, aber der Regenbogen hatte sich wohl irgendwie in seinem Hirn festgesetzt.
Anders verhielt es sich mit einem ebenfalls mehrfach erlebten Traum als ihn eine Schlange biss. Der Traum schien so real, dass er den Biss und den dazugehörigen Schmerz so stark spürte, dass er aufwachte und sich instinktiv an "die Wunde" faste.
Ein Schlangenbiss in den Fuß kündigte, nach www.frauenzimmer.de (er fand nichts anderes bei seiner Schnellsuche) an, dass in absehbarer Zeit wegen irgendwelcher Umstände Fersengeld zu zahlen sein werde. Bevorstehende Gefahren oder beruflich ein völliges Umdenken und eine neue Orientierung könnten damit gemeint sein. Es könnte sich jedoch auch darum handeln, dass aus sprichwörtlich heiterem Himmel das Dach über dem Kopf des Träumers und damit sein Privatleben komplett zusammenbrechen würde. Nichts dergleichen geschah und darum brach er seine anfängliche Neugier bezüglich Traumdeutung auch gleich wieder ab. Bis zum heutigen Tage war der Himmel über seinem Kopf nicht zusammen gebrochen noch war das Privatleben ein anderes geworden.

Irgendwie schweiften seine Gedanken in Richtung Schlafwandeln.
Gab es heute noch Schlafwandler? Er kannte früher zwei Personen, die dieser nächtlichen Beschäftigung unbewusst nachgingen. Seitdem hatte er aber nie mehr etwas über Schlafwandler gehört und versäumt die zwei Bekannten irgendwann später danach zu fragen, ob sie dieses seltsame Gebären ablegen konnten oder nicht. War dieses Wandeln zeitlich beschränkt, etwa der Jugend und Kindheit vorbehalten?
Seine Vermutung bewahrheitete sich was Kindheit und Jugend anging, denn laut Wikipedia gab es über die Häufigkeit des Phänomens nur Schätzungen, aber bei Erwachsenen ging man von ein bis zwei Prozent chronischen Schlafwandlern aus, bei Kindern waren dagegen zwischen 10 und 30 Prozent betroffen (das entsprach etwa 15 Prozent der Fünf- bis Zwölfjährigen). Jedoch wandelten nur 3 bis 4 Prozent der Kinder häufiger im Schlaf umher. In etwa 70 bis 80 Prozent der Fälle verschwand die Neigung bis zur Pubertät. Auch bei Erwachsenen handelte es sich nicht immer um eine andauernde Erscheinung, mitunter trat diese nur einmalig oder wenige Male auf. Zufällig erschien am gleichen Tag (9. Januar 2014) darüber ein Artikel auf http://www.welt.de, was ihn doch sehr überraschte.....es war also noch ein Thema und ein unglaublicher Zufall, dass gerade er sich an diesem Tag auch mit dem Thema beschäftigte. Darin stand als Überschrift:" Schlafwandeln ist gefährlicher als gedacht" und im Bericht von Felix Rehwald hieß es weiter: Wer schlafwandelt,

riskiert nicht nur Leib und Leben – bei
Erwachsenen könne das Phänomen ein Hinweis
für eine ernste Erkrankung sein. Die gängige
Vorstellung vom Schlafwandler belustigt viele:
Da krabbelt jemand nachts aus dem Bett, tapst im
Dunkeln mit ausgestreckten Armen in Haus und
Garten umher und kehrt schließlich völlig
unversehrt ins Bett zurück, ohne von seinem
Ausflug überhaupt etwas mitbekommen zu
haben. Doch so lustig war Schlafwandeln nicht:
Die vermeintliche schlafwandlerische Sicherheit
gabt es nicht, betonen Mediziner. Und bei
Erwachsenen kann die Somnambulismus
genannte Schlafstörung sogar auf Erkrankungen
des Gehirns hindeuten. Sie sollten daher
umgehend einen Arzt aufsuchen. 20 Prozent der
Bevölkerung in Deutschland leiden nach eigenen
Angaben unter unerholsamem Schlaf. Mediziner
kannten 110 verschiedene definierte Schlaf-
Wach-Störungen, eine davon war der
Somnambulismus, der zur Untergruppe der
Parasomnien gezählt wurde. Parasomnien waren
Schlafstörungen, die beim Erwachen, beim
teilweisen Erwachen oder bei
Schlafstadienwechsel auftraten und den
Schlafprozess unterbrechen. Leider werde das
Phänomen etwas vernachlässigt, sagte Dieter
Kunz, Chefarzt der Abteilung Schlafmedizin am
St. Hedwig-Krankenhaus in Berlin. Nur wenige
Schlafmediziner und Neurologen befassten sich
mit der Erforschung seiner Ursachen und
Behandlungsmöglichkeiten, so endete der
Bericht.

****

Am heutigen Morgen, es war noch Nacht, hatte er mit dichtem Nebel auf der Autobahn zu kämpfen. Es passierte ihm immer wieder, dass er dachte eine Ausfahrt verpasst zu haben. Sein normales "Autofahrergefühl" war gleichermaßen wie das Wetter getrübt, denn die normalen zeitlichen Abstände, die er schon kannte, stimmten in einer Nebelfahrt nicht mit einer normalen Fahrt überein. Immer dann hatte er das Gefühl eine Abfahrt schon verpasst zu haben und fuhr und fuhr. Dem war aber nicht so, er befand sich noch auf dem richtigen Weg. Übrigens, er hatte gestern Abend noch in den Nachthimmel geschaut und festgestellt, dass nur ein halber Mond zu sehen war, soviel zum Thema Vollmond.
Tatsächlich gaben laut einer Umfrage 40 Prozent der Deutschen an, mondfühlig zu sein. Wissenschaftlich und psychologisch war das damit zu erklären, dass für bestimmte Ereignisse, meist negative, ein plausibler Grund gesucht wird. Passierte zum Beispiel ein Unfall und war gerade Vollmond, so würde dieses Geschehen dem Vollmond zugeschrieben werden. Geschehnisse in anderen Mondphasen blieben außen vor und wurden von dem jeweiligen Betrachter weniger kritisch bewertet. Oftmals spielte auch die persönliche Einstellung eine große Rolle: Wer zum Beispiel davon überzeugt war, bei Vollmond schlecht zu schlafen, der würde allein schon aus dieser Erwartungshaltung heraus weniger Schlaf finden. Und je mehr Menschen sich mit dem Vollmond beschäftigen,

desto intensiver wurde dieses Informationsfeld gespeist.
Das hatte er unter anderem unter www.vollmond.info gelesen.
Über den Einfluss des Mondes auf den Menschen wurde geschrieben dass wissenschaftlich bisher nur belegt war, dass der Mond auf den Menschen keine Auswirkungen hatte. Bei allen ausgewerteten Studien über die Zusammenhänge des Mondes und dem Verhalten der Menschen, ob Morde oder Selbstmorde, Einweisung in Nervenheilanstalten, Drogenkonsum, Unfälle oder Notrufe bei Polizei, fielen die Untersuchungen negativ aus, oder aber sie erwiesen sich in der durchgeführten Methode als zweifelhaft. Oft waren zum Beispiel die betrachteten Zeiträume zu kurz und demnach auch auf andere Gründe, wie zum Beispiel einen bestimmten Wochentag, zurückzuführen. Selbst der weit verbreitete Glaube, der Vollmond verursache Schlafstörungen, ließ sich ja statistisch nicht bestätigen. Doch eine Tatsache war zweifelsfrei: je mehr Licht uns beim Schlafen umgibt, desto weniger wird von unserem Körper das Schlafhormon Melatonin ausgeschüttet. Diese Erfahrungen mögen in vergangenen Zeiten, als das elektrische Licht noch nicht unsere Nacht erhellte, für viele Menschen der Grund für unruhigen Schlaf gewesen sein. Ein abschließender Tipp war den Rollladen bei Vollmondnächten herunter zu lassen. Das tat er auch bei Nichtvollmondnächten! Zudem war er ja nach neuester Erkenntnis nicht gefährdet, dem aber schon am 25. Juli 2013 widersprochen

wurde, was er aber erst später las. Auf Stern.de hatte man sich diesem Thema auch schon angenommen und das mit folgender Erkenntnis: "Studie belegt Mythos"
-Vollmond hat doch Einfluss auf den Schlaf-, Ein Relikt aus längst vergangenen Zeiten: Der Mond beeinflusst anscheinend unser Verhalten. Bei Vollmond schlafen laut einer neuen Studie viele Menschen schlechter und kürzer. Schlaflosigkeit bei Vollmond - vielleicht ist dies doch kein Mythos. Schweizer Wissenschaftler haben nach eigenen Angaben nun Hinweise gefunden, dass der Mond doch Einfluss auf den Schlaf hat, wie die US-Fachzeitschrift "Current Biology" berichtete. Experten der Universität Basel untersuchten dazu das Schlafverhalten von mehr als 30 Freiwilligen im Labor und analysierten dabei die Hirnaktivität, Augenbewegungen und Hormonveränderungen. Die Studienergebnisse deuteten demnach darauf hin, dass sich sowohl die objektive als auch die subjektive Wahrnehmung der Schlafqualität in Abhängigkeit von den Mondphasen änderte. So sank bei Vollmond die Hirnaktivität in den für den Tiefschlaf zuständigen Bereichen um 30 Prozent. Zudem brauchten die Menschen etwa fünf Minuten länger, um einzuschlafen und sie schliefen insgesamt auch 20 Minuten weniger. Die Teilnehmer hatten zudem das Gefühl, dass ihr Schlaf bei Vollmond schlechter ist und sie hatten niedrigere Melatonin-Werte. Das Hormon reguliert den Schlaf-Wach-Rhythmus."Das ist der erste zuverlässige Beleg dafür, dass die Mondphasen das menschliche Schlafverhalten

regulieren können", erklärte Christian Cajochen von der Baseler Universität. Nach Ansicht der Forscher könnte dies ein Relikt aus vergangenen Zeiten sein, als der Mond das menschliche Verhalten synchronisierte. Dies war auch aus dem Tierreich - vor allem von Meerestieren - bekannt, bei dem das Mondlicht zum Beispiel das Fortpflanzungsverhalten beeinflusste. Heute werde der Einfluss des Mondes durch andere Einflüsse der modernen Welt wie elektrisches Licht verdrängt, erläuterten die Forscher. Bislang gab es bereits eine Reihe von Untersuchungen, die zu dem Schluss kamen, dass der Mond keinen Einfluss auf den Schlaf hat. Deswegen verorteten Experten die Theorie von der Schlaflosigkeit bei Vollmond eher ins Reich der Mythen. Er nahm diesen Bericht ebenfalls zur Kenntnis und meinte zu sich:" Schön zu wissen", doch war er ja auch nach diesen neuesten Erkenntnissen nicht gefährdet, was ihn gleich wieder beruhigte.
Bei Vollmond brauchte es laut der Studie fünf Minuten länger zum Einschlafen, gestern waren es aber über 1 1/2 Stunden, das hatte sicher nichts mit einer Mondphase zu tun. Die Dunkelheit und der Nebel bescherten ihm eine Welt, die schmal und lang war und nur aus einer Straße bestand. Auf dieser würde er noch eine ganz lange Zeit fahren.

****

Die Entleerung der Dorfkerne konnte er immer und überall beobachten. Schlecker hatte dazumal ein weiteres tiefes Loch gerissen, das nicht wieder aufgefüllt werden konnte. Der E-Commerce konnte den stationären Laden bisher nicht ersetzen. Die ältere Generation hatte schon Probleme, Fahrer zu finden, die die Handelsketten außerhalb der Gemeindekerne für sie ansteuerten, beziehungsweise diese selbst anzusteuern. Sollten die Alten nun via Internet ihre Lebensmittel bestellen? Es war eine abstruser Gedanke, zumindest bei dieser Generation. Die Abdeckung durch Lebensmittelmärkte war ja gegeben, es konnte sie halt nicht jeder einfach erreichen. "Das war mit Afrika so ähnlich", dachte er. Lebensmittel gab es ja genug auf der Welt nur nicht für jeden so einfach zugänglich! Der E-Commerce interessierte ihn, nicht für ihn selbst, denn dafür kaufte er ja viel zu gerne ein, sondern im Allgemeinen. Was gab es da schon? Am Abend setzte er sich tatsächlich hin und verglich verschiedene Produkte, mittels Werbeblättern der Handelsketten, mit den Online Geschäften.

Als erstes testete er 1 kg Schweinerückenbraten (Real 3,99 €), den gab es leider unter www.allyouneed.com nicht. Man durfte vielleicht nicht zu gezielt einkaufen, dachte er.

Was er aber ganz toll fand war die Liste bzw. der Filter, den man nutzen konnte, um im Ausschlussverfahren einkaufen zu können. Man konnte z.B. ohne Erdnüsse, ohne Ei, Gluten- oder laktosefrei eingeben und schon erschienen alle Produkte ohne diese Bestandteile. Der Filter war beachtlich, denn auch Senf, Sesam, Soja u.v.m. konnte ausgeschlossen werden.

Für Allergiker war das sicher eine Erleichterung.

Die wussten wohl nur zu gut, wie viel Zeit man vertrödelte um kleingedruckte Inhaltsangaben auf den Produkten auf Inhalte zu durchforsten.
Er unternahm den nächsten Versuch:
H-Milch, 1,5% Fett, 1 Liter Packung.
Er klickte auf Getränke und fand alles (Bier, Cola, Limo, Wein, Saft, Nektar, Sekt, Spirituosen, Wasser und Schorlen) außer Milch.
Er überlegte, war Milch gar kein Getränk?
Milch und Milchprodukte befanden sich unter dem Button "Kühltheke". Er fand Vollmilch und fettarme Milch, auch eine laktosefreie, aber keine H-Milch.
Dann dachte er, er sollte es mal mit Möhren probieren.
Deutsche Speisemöhren, 1 kg, 0,99 €.
Und wieder begab er sich auf die Suche diesmal unter "Wurzelgemüse".
Das Ergebnis war Karotten 1 kg, für 1,39 €.
Wenigstens hatte er jetzt einmal einen Treffer erzielt.
Das motivierte ihn und so drehte er den Spieß um und schaute zuerst nach einem Onlineprodukt, das auch sicher bei Rewe vertreten war.
Den Paprika-Mix konnte er bei beiden finden. Online für 1,69 € und bei Rewe für 1,29 €.
2 kg Kartoffeln kosteten online 2,29€ und bei Rewe 1,24€, beide Produkte waren aus Deutschland. 250 Gramm Butter war bei Rewe für 1,19€ (250 Gramm) zu bekommen, online für 1,79 € (250 Gramm).
Das Ergebnis reichte ihm, denn bei vier verschiedenen Produkten, die er erfolgreich

getestet hatte, war online Einkaufen schon 2,45€ teurer gewesen.

Er schaute noch bei http://www.lebensmittel.de rein und er glaubte zuerst seinen Augen nicht zu trauen. Der Paprika-Mix, es waren 4 Paprika abgebildet und bei den anderen 3, kostete dort stolze 4,33€. Der kg Preis war bei Rewe 2,58€/kg, bei "Allyouneed" 3,38 €/kg und bei Lebensmittel.de (Slogan: Ihr günstiger Online-Supermarkt) 8,67 € / kg. Man sollte ja bekanntlich Äpfel nicht mit Birnen vergleichen, doch der spanische Paprika-Mix war weder Apfel noch Birne und somit vergleichbar.

Ein letzter Versuch wurde unternommen. Kerrygold Orginal Butter lag bei 3,09€ (250 Gramm) und bei Allyouneed kostete er 1,79€ (gleiche Grammzahl). Die deutsche Markenbutter (250 Gramm) lag bei 2,03€.

Er freute sich auf jeden Fall darauf die nächsten Jahre noch mit dem Auto zu irgendeiner Handelskette, am liebsten im Gemeindekern, zu fahren um dort einzukaufen und brach seinen Check mit dieser Erkenntnis ab.

∗∗∗∗

Durch die Klimaverschiebung sollte erst im Februar und März größere Mengen Schnee kommen, hieß es. Zehn bis elf Meter Schneefall brauchte man zum Beispiel am Arlberg. Dieses konnte in den letzten Jahren oftmals nicht erreicht werden, zu noch früheren Zeiten waren es 20 Meter. Man braucht ungefähr 9 Meter, ließ ihn ein Experte auf Bayern 2

wissen, damit eine gewisse Decke auf die Gletscher kommt. Das wäre ausreichd um das Sommerabschmelzen zu kompensieren. Das Gefühl im letzten Winter viel Schnee gehabt zu haben war also eine Täuschung. Es war nicht viel Schnee sondern durch die trockene Kälte die wir hatten, blieb das bisschen Schnee einfach länger liegen und suggestierte uns, dass wir viel davon hatten. Zwischen Klima und Wetter musste man unterscheiden, das wusste er schon länger, aber halt auch nicht so genau wie?
Er "googelte" und fand auf "www.klimafit.at" folgende Erklärung:
Wetter:
Dieser Begriff beschreibt den Zustand der Luft an einem bestimmten Ort und zu einem bestimmten Zeitpunkt. Oft wird es allgemein umschrieben – Aprilwetter, Matschwetter, warmes oder kaltes Wetter.
Um das Wetter zu beschreiben, misst man die Temperatur, die Menge an Niederschlag, den Wind, die Sonnenscheindauer, den Grad der Bewölkung und anderes. Das Wetter kann sich mehrmals am Tag ändern.
Witterung:
Witterung beschreibt die vorherrschenden Eigenschaften des Wetters an einem Ort über mehrere Tage oder Wochen. Dabei schaut man besonders auf die Wetterelemente, die wir fühlen können, wie Niederschlag, Temperatur, Wind und Luftfeuchte. Beispiele sind: nasskalte Witterung, schwüle Witterung ...
Klima:
So nennt man den typischen jährlichen Ablauf

des Wetters. Beispiele sind: mildes Klima oder raues Klima. Die Aussagen zum Klima leiten die Forscher aus den Wetterbeobachtungen über viele Jahre ab.

Klimaforscher sagen, dass man mindestens 30 Jahre das Wetter an einem Ort beobachten muss, um etwas über das dortige Klima sagen zu können.

Www.wwf.de erklärte ihm den Klimawandel wie folgt: Der Klimawandel, genauer: die globale Erwärmung wird zum größten Teil vom Menschen verursacht. Jedes Stück Kohle, das wir verheizen, jeder Liter Erdöl oder Gas, den wir verbrennen, vergrößert die Menge an Treibhausgasen in der Atmosphäre. Wie eine immer dickere Decke legen sie sich um die Erde, schließen die Hitze ein und machen Mensch und Natur zu schaffen. CO_2 ist das wichtigste Treibhausgas der globalen Erwärmung. Hauptverursacher des Klimawandels ist Kohlendioxid (CO_2): Das Gas war für mehr als 60 Prozent der weltweiten Erderwärmung verantwortlich. In den letzten 420.000 Jahren waren die CO2-Werte in der Atmosphäre niemals höher als heute. Die wichtigsten Quellen für CO_2 sind Kohle, Erdöl und Gas. Etwa 97 Prozent der Emissionen in westlichen Industrienationen entstammten der Verbrennung dieser fossilen Rohstoffe zur Energiegewinnung. Rund 31,5 Milliarden Tonnen CO_2 werden jährlich in die Erdatmosphäre geblasen – mehr als 900 Tonnen jede Sekunde. Mit dramatischen Folgen: Der Anstieg der globalen Temperaturen gefährdet ernsthaft die fragilen Wechselwirkungen des

Weltklimas. Das hörte sich durchaus dramatisch an. Er hatte das so verstanden: Die Sonne heizt den Erdboden auf, der strahlt die Energie als Infarotlicht wieder ab und die Treibhausgase (Decke) fangen diese Rückstrahlung wieder auf und schickten dann einen Teil davon wieder zurück zum Erdboden was diesen dann zusätzlich wieder erwärmt.

Das hatte er auch schon von den Kondensstreifen der Flugzeuge gehört. Er empfand die Kondensstreifen der Jets immer als Kunstwerke und stets verbunden mit ihnen waren die "Aufbruchsgefühle", das Fernweh, obwohl er eher der "Autoreisende" war. Er liebte Italien und die Berge, denn das Gute lag für ihn so nah! Manche Wissenschaftler befürchteten, dass diese künstlichen Wolken zur Erwärmung des Klimas beitragen könnten. Man nannte übrigens die Kondensstreifen, die in der Atmosphäre zu Wolken werden, Zirruswolken, das wusste er natürlich sofort als "Wolkiologe"!

Nach den Terroranschlägen im September 2001 gab es ein dreitägiges Flugverbot über den USA. Forscher konnten damals feststellen, dass die Temperaturdifferenz zwischen Tag und Nacht in diesem Zeitraum um mehr als ein Grad größer war als im Durchschnitt früherer Jahre. Es lag nahe, zu spekulieren, dass die kühleren Nachttemperaturen mit dem fehlenden Flugverkehr zusammenhingen. Doch die Aussagekraft dieser einen Messung über einen derart kurzen Zeitraum war viel zu gering, das hatte er beim WDR unlängst gehört.

Die große und entscheidende Frage dabei war, ob die Kondensstreifen groß genug waren und lange genug am Himmel verweilen, um das Klima nachhaltig zu beeinflussen? Satellitendaten zeigten, dass Kondensstreifen immerhin permanent etwa 0,5 Prozent des Himmels über Zentraleuropa bedeckten, das entspräche etwa dreimal der Fläche des Saarlandes.
Derzeit gehen Forscher davon aus, dass die gesamte Luftfahrt etwa mit drei Prozent zur Klimaerwärmung beiträgt. Dieser Wert könne sich mehr als verdoppeln, wenn der Einfluss der Kondensstreifen aufgeklärt ist, so endete der Bericht.
Insgesamt wurde sehr kontrovers bezüglich der Klimaerwärmung diskutiert.
Beim größten Vulkanausbruch der jüngeren Geschichte am Mount St. Helens im US-Bundesstaat Washington 1980 wurden 540 Millionen Tonnen CO_2 in die Luft geschleudert, ein geradezu "lächerlicher" Teil, wenn man den Statistiken des jährlichen Ausstoßes von Menschenhand glauben durfte. Aber da plus + plus immer noch plus ergab, dachte er, würde jeder Vulkanausbruch den Treibhausgasausstoß nochmals erhöhen, allerdings musste man die CO_2-Produktion der Flugzeuge davon wieder abziehen, da diese rund um den Vulkan ja nicht mehr fliegen konnten.
Allein die Lufthansa musste wegen des Flugverbots 150 Flüge streichen, nachdem der isländische Vulkan "Eyjafjallajökull" im Jahr 2010 ausgebrochen war.

Für ihn war das alles viel zu kompliziert. Die einen predigten den Weltuntergang, die anderen bezichtigten diese als Lügner und er konnte alles glauben oder nicht, letztendlich wusste er es nicht. Es gab viele Sachen, die er nicht verstand. Allein die Nord-Süd-Trasse, also die Stromautobahn, würde mehrere Milliarden Euro kosten: Um Ökostrom quer durch die Republik zu transportieren, planten die deutschen Netzbetreiber drei gigantische Stromtrassen.
Nach einer Haushaltsbefragung gab es etwa 17 Millionen Gebäude- und Wohnungseigentümer. Eine genaue Zahl an Häusern in Deutschland konnte er nirgends finden.
Wenn man 17 Millionen Häusern eine Photovoltaik-Anlage oder andere ökologische Stromerzeuger aufs Dach bauen würde oder sonst wohin und mit 5 000 Euro bezuschussen würde, dann hätte man eine Investition von 85 Milliarden Euro.
Wow, das ist mal eine Zahl dachte er und war fast schon dabei seine Idee nun gänzlich "aufs Eis" zu legen, doch dann las er dass der jetzige VW-Chef Winterkorn 85 Milliarden in den nächsten 5 Jahren in neue VW-Modelle, Standorte und Technologien investieren wolle, das hatte die Süddeutsche so berichtet. Also warum sollte nicht auch die Bundesregierung das Geld in einen unabhängigeren Fortschritt investieren. Er würde auch nicht zwingend auf die 5 Jahre pochen!
Unser Land wäre in dieser Sache dezentralisiert und unabhängiger von 4 Stromkonzernen. Wir würden in erster Linie Strom liefern an die Konzerne!!! Zudem wären wir sicher mit diesem

Modell ein weltweiter Vorreiter, daran konnte er glauben.
Irland, als Beispiel genannt, konnte ja auch mit Finanzhilfen der anderen EU-Staaten in Höhe von 85 Milliarden rechnen (Merkur-online 28.11.2010).
Laut heute.de hatte der robuste Arbeitsmarkt dem deutschen Staat im ersten Halbjahr 2013 einen Überschuss von 8,5 Milliarden Euro beschert.
Die ersten 10% wären dafür schon da, ohne dass es jemanden weh tun würde, denn mit dem Geld hatte eh keiner gerechnet. Noch 9x "weiter so Deutschland" und wir hätten das Ding locker geschaukelt!
Und wenn jedes Haus seinen eigenen Strom erzeugt, dann wäre doch sicher auch genug übrig für die Stromkonzerne um diesen uns abzukaufen. Naja, klar dachte er, immerhin könnten "die Großen" dann noch die Industrie beliefern.
Dann könnten mal die Großen schauen, wie sie untereinander klar kommen würden, ohne unseren Rücken als bequemes Polster zu haben.
Er hatte den Standort, Dachneigung und die verwendete Technologie vorab nicht berücksichtigt was die Photovoltaik-Anlage angingen, war sich aber dennoch fast sicher, dass über weitere Dämmungsmaßnahmen der Häuser, verbesserte Technologien und anderen Maßnahmen dann doch ein gutes Ergebnis zu erzielen möglich wäre. In jedem Fall hatte er schon oft gehört, das Leute ihren Strom ins öffentliche Netz einspeisten.
Das Restgeld, das zu einer Photovoltaik-Anlage fehlte, würden die "Hausbesitzer" gerne bezahlen,

denn der Strom wäre dann auf Lebzeiten "frei Haus" und vielleicht würde der ein -oder andere Euro noch dabei rausspringen.

****

Der frühe Vogel fängt bekanntlich den Wurm. An dieses Sprichwort musste er denken als er mal wieder besonders früh unterwegs war. Leider wusste er auch manchmal nicht genau ob er der Vogel oder der Wurm war. Er wünschte sich oftmals einen besonders schlauer Wurm zu sein und dem Vogel eins auswischen zu können, indem er (der Wurm) einfach liegen blieb. Auch er hatte faule Tage und es schien so als ob der heutige einer davon wäre. Sein Kopf war leer, sein Wissensdurst scheinbar gestillt und der Sekundenzeiger der Welt schien zu klemmen was auch unmittelbar Auswirkung auf den Minuten- und Stundenzeiger hatte. Manchen gab es der Herr bekanntlich im Schlaf - leider gehört er wohl nicht dazu. Vielleicht war er ja auch zu kleinlich in der Auslegung des Sprichwortes. Der Spruch aus der Bibel (Psalm 127) beinhaltete ja noch mehr. Wenn der Herr nicht das Haus baut, so arbeiten umsonst die daran bauen. Wenn der Herr nicht die Stadt behütet, so wacht der Wächter umsonst. Es ist umsonst, das ihr früh aufsteht und hernach lange sitzet und esset euer Brot mit sorgen; denn seinen Freunden gibt er es im Schlaf.
Wenn es Gott den Seinen im Schlaf gab, dann müsste er vielleicht nur mal richtig ausschlafen. Das normale Schlafen schien dafür nicht

auszureichen. Vielleicht musste man dafür eine Woche schlafen oder gar einen Monat. Das kam ihm aber schon wieder seltsam vor. Er würde doch nicht eine Woche oder einen Monat verschlafen wollen und woher wusste er ob dieser Zeitraum überhaupt ausreichen würde? Das wäre seiner Meinung nach das Leben verschwendet, was sicher auch nicht im Sinne Gottes sein konnte. Entweder widersprach sich Gott in der Sache oder er hatte das alles doch noch nicht verstanden. In jedem Fall würde er, bevor er einen Monat oder länger schlafen würde, wohl eher freiwillig wieder zu seiner Arbeit gehen, auch auf die Gefahr hin dann nichts zu erhalten. Es ging ihm ja dann auch nicht schlechter als bisher. Außerdem wusste er nicht einmal, ob ein Monat Schlaf ausreichen würde und wusste auch nicht wo er nähere Angaben darüber finden würde.
Es beschäftigte ihn sowieso auch gerade ein anderes Thema, denn er hatte leichte Kopfschmerzen. Das passierte ihm auch nach mäßigem Alkoholgenuss immer wieder einmal und so wollte er heute Abend nach seiner Rückkehr darüber genaueres in Erfahrung bringen. Seine weitere Reise verbrachte er mit einer weiteren Lackanalyse: schwarz, grau, schwarz, blau, weiß, silber, rot, schwarz, blau, blau, silber, silber, silber, schwarz, weiß, weiß, silber, blau, silber, silber, silber, blau, schwarz, grau, grau, grau, silber, schwarz, silber, schwarz, blau, grau, blau, schwarz, schwarz, rot, silber, weiß, silber, schwarz, grau, schwarz, silber, weiß, schwarz, schwarz, blau, grau, grau, schwarz,

schwarz, schwarz, schwarz, blau, grau, silber, blau, blau, silber, schwarz, weiß, silber, grau, schwarz, grau, silber, auch diese Prüfung war so eindeutig, dass er sie kurz vor seinem Ziel abbrach. Weiteres Bemerkenswerte fand den ganzen Tag über nicht statt.

"Gedankliche Aufzeichnung 7"

Grau-Silber: IIIIIIIIIIIIIIIIIIIIIIIIIII
Blau: IIIIIIIIII
Weiß: IIIII
Grün: -
Gelb:-
Rot: II
Schwarz: IIIIIIIIIIIIIIIIII
Braun: -

Am Abend zurückgekehrt setzte er sich sogleich an seinen PC und wollte seine Kopfschmerzen ergründen, die allerdings im Laufe des Vormittags schon vergangen waren.
Er hatte gestern ja noch ein bisschen Wein getrunken, vielleicht eine viertel Flasche und das war ja nicht sehr viel, bedachte man dabei dass auch er den Flascheninhalt von oben nach unten leeren musste. Das Stückchen Flaschenhals beinhaltete ja weniger als der Rest der Flasche. Es war nicht immer so mit den Kopfschmerzen, manchmal hat er keine und manchmal begann es schon beim Trinken. In jedem Fall hatte er nach dem Aufwachen schon Kopfweh. Er stieß auf die Seite "www.alkoholimgriff.de" und las unter anderem darin: Alkohol regte die

Flüssigkeitsausscheidung an: Man verlor mehr Flüssigkeit als man aufnehmen konnte. Dies würde sich dann auf die Gehirnflüssigkeit negativ auswirken. Das Gehirn, das normalerweise von Flüssigkeit umgeben war, reagierte empfindlich auf Bewegungen und das verursachte dann Kopfschmerzen.
Alkohol würde in der Leber abgebaut, las er weiter, dabei entstand ein giftiger Stoff (Acetaldehyd), der seinerseits ebenfalls abgebaut werden musste. Dieser giftige Stoff verursachte also Übelkeit und Kopfschmerzen.
Bei der Herstellung von Alkohol (chemischer Name: Ethylalkohol) entstünden in sehr kleinen Mengen die sogenannten Fuselalkohole. Wenigstens wusste er jetzt woher der Begriff "Fusel" kommt, den man manchen nicht so schmackhaften Alkoholika gerne scherzhaft verabreichte.
Diese waren giftig und wurden langsamer abgebaut als normaler Alkohol, so dass sie am nächsten Tag noch nachwirkten. Fuselalkohole waren für den Katereffekt mitverantwortlich.
Bei Migräne wirkte sich Alkohol wegen der gefäßerweiternden Wirkung ebenfalls negativ aus. Unter: www.nahrungsmittel-intoleranz.com fand er Hinweise bezüglich Histamine. Dass diese eventuell auch dafür verantwortlich sein könnten, hatte ihm vor langer Zeit in einem anderen Zusammenhang ein Bekannter erzählt, der unter einer Histamin-Intoleranz leidete.
"Die Symptome der Histaminintoleranz waren sehr vielfältig und teilweise schwer von Symptomen anderer, häufigerer Krankheiten zu

unterscheiden. Sie machten sich meist einige Minuten bis wenige Stunden nach dem Konsum histaminreicher beziehungsweise histaminfreisetzender oder DAO-blockierender Nahrungsmittel bemerkbar. Nach einer Umfragen von diesem Homepagebetreiber „mit 141 Betroffenen, traten bei 41% der Betroffenen die Symptome bereits wenige Minuten, bei 47% wenige Stunden nach dem Verzehr der entsprechenden Nahrungsmittel auf. Nur etwa 12% berichten von Symptomen an darauffolgenden Tagen".
Das Problem schien also doch weiter verbreitet zu sein, als von ihm zuerst angenommen. Er stöberte weiter und fand Nahrungsmittel, die einen hohen Histamingehalt hatten bzw. nicht verträglich waren. Natürlich war da Alkohol genannt aber auch Fertiggerichte, diverse Obstsorten, Sauerkraut, schwarzer Tee, Schokolade/Kakao, Essig, Soja -und Weizenprodukte, Hefe (auch Bäckerhefe und Bierhefe), eingelegte und konservierte Lebensmittel, Käse (vor allem Hartkäse) und geräuchertes Fleisch.
Also, die Symptome konnten bei "zu viel Histamin" oder dessen Unverträglichkeit Durchfall, Magenschmerzen, eine Kolik, Blähungen, Kopfschmerzen und Migräne, Schwindel, verstopfte Nase oder Nasenlaufen (beim Essen), Asthma, tiefer Blutdruck, Herzrhythmusstörungen, Nesselfieber, Juckreiz und Menstruationsbeschwerden sein. Das letztere konnte er sofort ausschließen! Ok, dachte er, dieses Kopfweh hatte er oftmals nach dem Genuss von Alkohol, aber noch niemals nach

oder beim Essen, so viel glaubte er schon zu wissen. Er würde natürlich jetzt doch auch mal beim Essen darauf achten!
Ansonsten würde er nun besonders darauf achten, beim Konsum von Alkohol auch immer genug Wasser zu trinken, davor "fettreich" zu essen, da dieses den Magen füllte und so die Alkoholaufnahme verzögerte. Verzögerte und nicht verhinderte, sagte er sich selbst ermahnend.

****

Und dann fand er auf, www.tageszeitung.it eine Online-Ausgabe der neuen Südtiroler Tageszeitung und stolperte über den Artikel "Neuer Cannabis-Shop -Amsterdam in Bozen". Da war doch mal was mit den Holländern, glaubte er noch zu wissen und er laß diesen Artikel gespannt durch, darin stand: In der Bozner Cavourstraße gäbe es seit kurzem ein Geschäft, in dem das Kifferherz fast alles finden würde, was es begehrt: Cannabis-Samen, Wärmelampen und Wasserpfeifen. Alles legal. Manuel Melchiorri hatte demnach die großen Kämpfe bereits hinter sich. 2008 beschlagnahmte die Polizei bei ihm größere Mengen an Cannabis-Samen. Ware, die für den Verkauf in seinem Geschäft in Trient und für den Internet-Handel bestimmt war. Die Beschlagnahmung betraf den Tatverdacht der Anstiftung zur Drogen-Herstellung, musste später aber wieder rückgängig gemacht werden. Der Handel mit Cannabis-Samen galt inzwischen in Italien als keine Straftat mehr. Gleich mehrere Gerichte

hatten Betreiber von Internet-Seiten, in denen Samen und Kiffer-Utensilien verkauft wurden, frei gesprochen. „Die Zeit ist endlich reif, mit dieser Kriminalisierung aufzuhören", meinte Manuel Melchiorri am Telefon von seinem Trienter Geschäft aus. Am 7. Dezember hatte er in der Bozner Cavour-Straße 3B ein weiteres mit dem Namen Chacruna eröffnet. Chacruna war demnach der Name einer Heilpflanze aus dem Amazonas und das Geschäft selbst nannte der Inhaber einen „Grow-Shop". Also ein Geschäft mit Waren, die Pflanzen beim Wachsen helfen sollten. Bei Chacruna in Bozen gibt es in bunter Aufmachung Wärmelampen und– kästen, Kunstdünger und andere Hilfsmittel zur Aufzucht zu kaufen, erfuhr er weiter aus dem Bericht des Redakteurs Thomas Vikoler.
Die Cannabis-Samen mit Markennamen, die wohl nur Insidern geläufig waren – DNA Genetics Amsterdam, Sweetseeds oder DutchPassion, wurden im Laden nicht gerade auffällig präsentiert. Die Kämpfe des Inhabers um die Legalisierung des Handels mit der delikaten Ware wirkte offenbar nach. Auf der Internetseite konnten man sich hingegen die Cannabis-Stauden, die aus den zu beziehenden Samen erwachsen sollen, in aller Pracht ansehen. Dazu eine Reihe von rechtlichen Hinweisen: „In Italien ist der Anbau von Cannabis ohne entsprechende Genehmigung verboten". Allerdings: „Die hier verkauften Samen können ausschließlich für Sammlerzwecke und für die genetische Bewahrung verwendet werden. Der Verkauf geschieht unter dem Vorbehalt, dass sie nicht

gesetzeswidrig verwendet werden". Also Drogenbesitz über den Eigenbedarf hinaus. Was bei Chacruna selbstredend nicht verkauft wird, war konsumierbares Marihuana. Das war in Italien – anders als etwa in den Niederlanden – weiterhin verboten.
Die genetische Bewahrung das fand er mal einen tollen Begriff. Nun würden alle "Bekifften" nach Bozen fahren um selbsternannte "Samensammler" zu werden.
Die heimisch illegalen "Straßen-Apotheker" Deutschlands würden nun wieder Einbußen erleiden und der Tourismus Süditaliens würde einen weiteren Kundenkreis erschließen können. Verrückte Welt, dachte er.

****

Am 13 Januar 2014 rettete Italiens Marine erneut 236 Flüchtlinge aus Syrien, Palästina und Afrika vor Lampedusa. Das berichtete die Tageszeitung mit dem tollen Sportteil. Wenn die Menschheit das Internet als großes Kollektiv nutzen würde, was ja teilweise geschah, konnte man viel erreichen, dachte er. Das zeigte ihm ein kurzer Bericht auf Seite 7. Dort stand als Überschrift "Spaß - Aktion - unten ohne in der U Bahn". Berlin- nackt bis auf die Unterhose sitzen sie auf ihren Bänken. Gestern verabredeten sich per Internet Menschen auf der ganzen Welt zum U-Bahn-Fahren unten ohne, darunter auch 100 Berliner. Einen tieferen Sinn hatte der "No Pants Subway Ride" nicht. Zum Schluss erfuhr er, dass es diese Veranstaltung schon seit 2002 gab. Er fragte sich wer auf so eine beknackte Idee kommen würde und wie beknackt man dafür sein musste, um daran teilzunehmen? Es hatte einen witzigen Ansatz, doch generell fand er es fast so blöd wie das Dschungelcamp. Der Bericht über Schlagersänger Wendler bezüglich seinem "Einstieg" in das Dschungelcamp ignorierte er. Die Schweden aber befanden sich im Schockzustand, so titelte das Blatt. Die hochschwangere Prinzessin Madeleine würde ihr Kind in der USA zur Welt bringen und nicht in Schweden. Das war ein Grund, der in der schwedischen Öffentlichkeit für heftige Kritik sorgen dürfte, wusste die Zeitung. Traute das schwedische Königspaar den schwedischen Ärzten denn überhaupt nichts zu, nicht mal eine einfache Geburt, war seine erste Frage den Bericht betreffend? Die Königin war ja immerhin schon 31 Jahre alt, aber deswegen konnte man ja noch lange nicht von einer Risikoschwangerschaft reden. Leider fand man in dem ganzen Artikel kein "Warum". Er war sich sicher, dass es einen Grund geben musste, vielleicht hatte dieser der Redakteur einfach vergessen oder vergessen zu erfragen. Vielleicht hatte er es auch bewusst weggelassen, damit das Ganze eine Schlagzeile wird. Halbwahrheiten waren seiner Meinung nach auch Lügen, denn bewusst einen nicht ganz unwichtigen Teil weg zu lassen führte unweigerlich auch in die Irre. Das war dann so ähnlich wie bei der Produktwerbung. Große Verpackung kleiner Inhalt. Als weiteres kam ihm in den Sinn, wie oft er Riesenpakete zugestellt bekam, um diesen dann ein verschwindend kleines Produkt zu entnehmen. Das war vielleicht logistisch bedingt für die Firmen besser, da diese nur drei Sorten Kartonagen mit verschiedenen Maßen einkaufen mussten, produzierte letztendlich aber nur mehr Müll, was er dann für die Firmen entsorgte und via Müllgebühren und teurer Verpackung, da größer als benötigt, auch bezahlte. Vielleicht verbarg sich hinter der Logik des Redakteurs die gleiche Philosophie um eine kleine Sache größer zu verpacken als sie war. Tja, die armen Schweden, dachte er weiter, jetzt "gebar" die "Schwedenkugel" tatsächlich nicht einmal im eigenen Land. Er rechnete nicht mit einer Revolution, dem Sturz der Monarchie aufgrund des Berichts und ärgerte sich langsam viel mehr darüber, dass man alles so breit treten musste. Er erinnerte sich an den Spruch eines Schweizer Kabarettisten, namentlich Christian Überschall, der in einem seiner Programme folgendes einmal sagte:" Er wundere sich eh wie jeden Tag immer so viel passieren konnte, dass die Zeitungen gerade voll wurden", so glaubte er denn Satz noch sinngemäß in Erinnerung zu haben. "Welch Wahrheit!", dachte er immer wieder beim Durchblättern einer Zeitung. Nach kurzem Nachdenken tauchte doch noch ein Problem mit den Schweden auf bezüglich der "Fremdgeburt". Wenn das schwedische Königspaar ihr Kind in Amerika zur Welt brächte, dann wäre diese oder dieser doch amerikanischer Staatsbürger und nicht schwedischer? Gab es in Amerika eine doppelte Staatsbürgerschaft oder hatten Monarchen ein Sonderrecht? Er wusste es nicht so genau, aber das konnte das Problem sein. Das wäre ja die Höhe! Das hieße ja, dass der zukünftige König oder die Königin Amerikaner wäre. Es reichen doch schon die ganze amerikanischen Firmen in Europa mit ihrem seltsames Führungsstil. Die Frage was das Königshaus anging konnte er im Endeffekt nicht klären, da er keine Möglichkeit hatte, die doppelte Staatsbürgerschaft oder etwaige Sonderrechte bezüglich Schweden und Amerika, im Auto, zu überprüfen. So wichtig war es ihm dann doch nicht. Vielleicht würde er es ja irgendwann mal in einer Zeitung nachlesen können, ansonsten würde sicher über eine Revolution oder dem Sturz der Monarchen ein ausführlicherer Berichte folgen. Gedanklich entschuldigt er sich doch bei der Zeitung, die mit dem guten Sportteil, und dem Redakteur, denn plötzlich meinte er die enorme Wichtigkeit dieser Berichterstattung erfasst zu haben. Natürlich wäre es einfacher gewesen, hätte der Redakteur dieses einfach mit dazu geschrieben, aber so waren wenigstens seine grauen Zellen trainiert worden.

****

Einen Bericht auf RTL Nitro zufolge hatte eine US- Pilot sich mit 124 Passagieren an Bord verflogen. Die Maschine von Southwest Airlines sollte am Sonntagabend eigentlich auf dem Branson Airport im US Bundesstaat Missouri landen. Stattdessen habe die Boeing auf dem rund zehn Kilometer entfernten Tanney County Airport aufgesetzt. Die Landung verlief sicher und ohne Zwischenfall. Durch diese Nachricht wurde ihm klar, dass man auch im Himmel falsch abbiegen kann. Dem Pilot war es sicher ähnlich wie ihm gegangen, wenn er durch die Nebelbänke fuhr, bloß hatte die Boeing wohl Wolken anstatt Nebel. Da konnte man sich schon mal verfliegen, quasi die Abfahrt verpassen, schmunzelte er. Nur wenn er eine Autobahnausfahrt verpasste, waren das gleich viele km mehr um wieder auf die rechte Strecke zu kommen! Was waren schon 10 km für ein Flugzeug, denn zwischen den zwei Flughäfen lagen nur 10 Kilometer? Ihm wurde sofort die Nützlichkeit von Verkehrsschildern bewusst, die es im Himmel ja nicht ab. Vielleicht war in der Boing auch noch ein altes "Navi" im Einsatz, vielleicht auch ein dafür nicht geeignetes, wie man es ja auch von LKW Fahrer kannte, die ein normales Navi nutzten und damit so manche Überraschung erlebten. Vielleicht war der Pilot aber auch nur seinem Bauchgefühl gefolgt. Das tat er bei der Autofahrt auch öfters. Dann entschied er sich kurzfristig, nach seinem Bauchgefühl, welche Streckenführung für ihn heute besser wäre. Manchmal musste man in sich hinein hören und dann entscheiden, schmunzelte er weiter. Abschließend tat sich ihm die Frage auf, ob diese 10 km mehr Flug bei Miles and More angerechnet werden konnten? Er schaute zum Himmel und wusste vielleicht des Rätsels Lösung, denn es schien Vollmond zu sein! Da es ja bekanntlich bei uns um die Erde nur einen Mond gibt, vermutete er, dass auch in Amerika gerade Vollmond gewesen sei.

Laut n-tv.de war erst im November ein riesiges Frachtflugzeug in Kansas auf einem falschen Flughafen gelandet. Dieser war 20 Kilometer vom eigentlichen Ziel entfernt und hatte ebenfalls eine zu kurze Landebahn.

Auch in Wichita gab es eine ähnliche Panne, die der Besatzung einer Boeing C-17 "Globemaster III" knapp eineinhalb Jahren zuvor in Florida widerfuhr: Dort schwebte ein schwerer Militärtransporter nach einem Transatlantikflug zu einer "Überraschungslandung", wie es später in US-Medien hieß, auf einem ebenfalls viel zu kleinen Regionalflughafen bei Tampa ein und konnte dort erst nach erheblichen Bemühungen - und ebenso großem Aufsehen - wieder unbeschadet starten. In einem Untersuchungsbericht hieß es später, Müdigkeit und menschliches Versagen hätten zu der Verwechslung beigetragen.

Vielleicht wäre es auch da wichtig, für die Luftfahrtbehörden zu prüfen ob zu diesem Zeitpunkt Vollmond war, dachte er abschließend. Er fragte sich mal wieder nach dem heutigen Datum. Die Jahreszahl 2014 machte ihm keine Probleme. Hier hatte er sich schon gut umgestellt von 2013 auf 2014. Nur beim Datum des heutigen Tages musste er mal wieder schätzen. War heute der vierzehnte oder fünfzehnte Januar? Er glaubte der 15. das sollte sich später als richtig erweisen.

Auf seiner weiteren Fahrt überlegte er sich ob er seine imaginäre Diplomarbeit nicht einfacher gestalten könnte. Er brauchte ja nur noch die roten, grünen, braunen und gelben Autos zählen, dann gäbe es weitaus weniger zu tun, allerdings fehlte ihm dann der Gegenwert und so wollte er es doch beim alten System belassen. Vor ihm fuhr ein silberner Kleinwagen. Kurz vor jeder Kurve bremste der Fahrer als ob sich jedes Mal vor ihm ein riesen Loch auftat. Das war sehr nervend doch irgendwann "bremste" die Person links ab und sein Weg war wieder frei.

Das mit den Navigationsgeräten war schon so eine Sache. Zwei Schweden verirrten sich in Italien: Statt zur Insel Capri fuhren sie ins norditalienische *Carpi*, ein "Vertipper" bei der Zieleingabe sei Dank. Carpi war 660 Kilometer von Capri entfernt, das waren knapp sieben Autostunden bis zum gewünschten Ziel.

T-Online hatte die "lustigsten Navipannen" aufgeführt, die er am Abend herzhaft genoss. Die schönste Freude war bekanntlich die Schadenfreude! Unglaublich war auch die "Geschichte" eines britisches Rentner-Ehepaar. Diese fuhren beim Trip durch Europa in eine Kirche. Das Paar war im Januar 2011 von Österreich in Richtung Frankreich unterwegs, im Weg stand ein Gotteshaus in Immenstadt (Allgäu). Das Navi hatte sie dort hinein geleitet. Sie waren zügig unterwegs: An der Kirche entstand ein Sachschaden von 37.000 Euro. Durch den Aufprall entstanden Risse in den Mauern, Bilder fielen von der Wand. Das Ehepaar wurde verletzt und im Krankenhaus behandelt. Das war ein weiterer Beweis dafür, dass zwischen Gott und seinen Schäfchen, doch manchmal die Kirche stand! Und die Geschichte eines Franzosen belegte die Tatsache, dass man

doch manchmal zu blind der Technik vertraute.
Hier wurde die Fahrt eines französischen
Lastwagens mitten in einem Wald beendet, bei
Kastl in der Oberpfalz. In vollem Vertrauen auf
sein Navigationsgerät war der Fahrer mitten in
den Wald gefahren und steckengeblieben. Der
Sattelauflieger des 40-Tonners sackte daraufhin
in den rechten Straßengraben - nichts ging mehr.
Ein Kran musste den Lastwagen aus seiner
misslichen Lage befreien. Die Nacht verbrachte
der Fahrer laut Polizei in seiner Fahrerkabine. In
Offenbach verließ sich ein Fahrer derart auf
seinen elektronischen Helfer, dass er am
Fähranleger direkt in den Main fuhr. Die fünf
Insassen konnten sich aus dem Kleinwagen
retten, bevor dieser im Fluss versank. Die
Offenbacher Feuerwehr zog das Auto später
wieder aus dem Wasser. Doch der "technischen
Gefolgsamkeit" nicht genug fuhr im Dezember
2009 ein Taxifahrer aus Völklingen im Saarland
Navi-gelenkt auf den Schienen weiter und
verkeilte sein Taxi so unglücklich, dass es mit
einem Kran aus dem Schotterbett gehoben
werden musste. Auch einer 37-jährigen Frau
passierte im Osten Hamburgs dieses
Missgeschick, als sie beim Rechtsabbiegen die
Bahngleise der benachbarten Straße vorzog. Die
Bahnstrecke musste kurzzeitig gesperrt werden,
es kam zu Zugverspätungen zwischen Hamburg
und Lübeck. "Herr lass Hirn vom Himmel fallen",
dachte er so bei sich. Witzigerweise fand sich
noch eine erheiternde Geschichte, in der ein Navi
einen LKW samt Fahrer am frühen Morgen in
eine Kasseler Sackgasse lotste. Beim Versuch,

der Falle zu entkommen, schrammte der verzweifelte Fahrer zwei Autos und mehrere Bäume. Das Foto zeigte einen Getränkefachmarkt Laster mit der Aufschrift "Logo"! Die Maße seines Gefährts sollte ein Fahrer wohl einschätzen können, das war doch eigentlich "Logo", seiner Meinung nach. Die Bilderreihe endete und er war sich nicht ganz sicher ob die Menschheit überhaupt noch zu retten war.

****

Er wusste ja schon, dass zu lautes Autotürenzuschlagen ein Bußgeld zufolge haben konnte. Dass aber auch ein Bußgeld für zu lautes Lachen verhängt werden konnte und auch wurde, brachte ihn zum Lachen. Das passierte nämlich einer 17 - jährigen aus Balingen, die zuerst an ein Scherz glaubte als sie den Bescheid der Stadtverwaltung im Briefkasten vorfand. Laut "focus.de" zog das Mädchen daraufhin mit ihrem Vater vor Gericht. Der Fall hatte in Balingen schon seit einigen Monaten für Diskussionen gesorgt. Die 17 jährige hatte sich an einem Abend im April mit mehreren Freunden auf einem Parkplatz getroffen, es wurde geredet und gelacht, aus einem Autoradio kam Musik, berichtete demzufolge der "Schwarzwälder Bote". Eine Anwohnerin, die sich davon gestört fühlte, alarmierte die Polizei. Doch anstatt vor Ort für Ruhe zu sorgen, hatten die Polizisten den Fahrer des Autos, aus dem die Musik kam, aufs Revier bestellt. Der habe den Beamten die Namen der anderen Jugendlichen nennen müssen, die bei dem Treffen dabei waren. Einige Tage später erhielten dann alle Post vom Ordnungsamt mit der Aufforderung, wegen zu lauten Lachens und Redens 35 Euro Bußgeld zu bezahlen. Die anderen aus der Gruppe wollten keinen Ärger und überwiesen das Geld. Doch die 17 jährige zog vor Gericht. Mit Erfolg: die Richter am Amtsgericht Balingen sprachen die junge Frau frei. Sie habe nicht einmal gewusst, dass sie jemanden belästigte, urteilte die Richterin. Schließlich habe weder die Anwohnerin noch die Polizei die jungen Leute darauf hingewiesen. Damit gebe es juristisch gesehen auch keine vorsätzliche Lärmbelästigung. Auf "www.juraforum.de" erfuhr er, dass nur der ordnungswidrig handelt, der ohne berechtigtem Anlass oder in einem unzulässigen oder nach den Umständen vermeidbaren Ausmaß Lärm erregt, der geeignet wäre, die Allgemeinheit oder die Nachbarschaft erheblich zu belästigen oder die Gesundheit eines anderen zu schädigen. Hierbei war zu beachten, dass Lärm von viel befahrenen Straßen, Stadien, Einflugschneisen, Berufsmusiker in der Nachbarschaft sowie Gaststätten zwar unangenehm für die Mitmenschen sei, aber nicht immer vermieden werden kann und somit keine Ruhestörung im klassischen Sinne darstellte. Nicht zwangsläufig war also jeder Lärm gleichbedeutend mit einer Ruhestörung. Zunächst musste immer unterschieden werden, ob dieser Lärm vermieden werden konnte oder nicht. So urteilte das OLG Brandenburg am 11.Juli 2010, dass Bellattacken eines Hundes in der Nacht vom Halter unterbunden werden müssen, weil sie als

eine Störung der Nachtruhe galten. Im Gegenzug dürfte ein Hahn in ländlichen Gegend morgens um 3 Uhr krähen, da dies ortsüblich und deshalb nicht als Ruhestörung anzusehen war, laut LG Kleve vom 17 Januar 1989. Ebenso urteilte das VG Berlin am zwölften Januar 2005: das Quaken von Fröschen, welches eine Anwohnerin so sehr störte, dass sie die Tiere entfernen lassen wollte, war keine Ruhestörung und musste deswegen hingenommen werden. Er versuchte das nun richtig zu verstehen und kam zu dem Schluss, dass wenn die Polizei die Leute über die "lächerliche" Lärmbelästigung vor Ort hingewiesen hätte und daraufhin die "Vergnüglichkeit" wiederholt worden wäre, wäre das Bußgeld berechtigt gewesen.
Zu gerne hätte er die angefallenen Verfahrenskosten (Richterentlohnungen, Saal, Saalheizung...etc.) in Erfahrung gebracht, für diesen lächerlichen Prozess.
 Auch die Anwohnerin hätte er gerne mal kennen gelernt, glaubte aber daran, dass sie ein brutales Schicksal mit sich tragen musste, das Lachen schien ihr wohl schon länger vergangen zu sein.

*****

Jetzt war er in seinem Element, hatte er doch auf "www.kostenlose-urteile.de" folgende Rechtsprechung gelesen, die ihn als "fortwährend geschäftlich Reisender" direkt betraf. Der Beschluss vom 19.12.1996 des Oberlandesgericht Zweibrücken war zwar schon eine ganze Weile her, hatte aber sicher noch

Bestand. Mit großen Lettern stand da als Überschrift:" "Durchfallerkrankung: Tempoüberschreitung auch bei heftigem Stuhlgang nicht erlaubt", weiter hieß es: Auch wer unter Durchfall leidet, muss sich grundsätzlich an bestehende Geschwindigkeitsbeschränkungen halten. Zumindest musste der Betroffene aber, bevor er die erlaubte Höchstgeschwindigkeit überschritt, prüfen, ob ein Halten am Seitenstreifen möglich wäre, um seine Notdurft zu verrichten. Dies hat das Pfälzische Oberlandesgericht Zweibrücken entschieden. Im zugrundeliegenden Fall litt ein Autofahrer unter einer Durchfallerkrankung. Schnellstmöglich wollte er den nächsten Parkplatz erreichen, um dort seinem Stuhldrang nachgeben zu können. Wegen Überschreitung der erlaubten Höchstgeschwindigkeit außerorts um 50 km/h wurde er vom Amtsgericht Grünstadt zu einer Geldbuße von 200,- DM (ca.100 Euro) und einem Fahrverbot von 1 Monat verurteilt. Das Amtsgericht war der Ansicht, dass der Fahrer "notfalls seinem Druck im Magen-Darmbereich während der Fahrt" nachgeben und die "Verschmutzung seiner Wäsche" hätte in Kauf nehmen müssen. Dagegen berief sich der Autofahrer auf einen Fall von "höherer Gewalt". Das Oberlandesgericht hob das Urteil des Amtsgerichts auf und verwies es zur neuen Verhandlung und Entscheidung zurück. Das Amtsgerichtsurteil halte einer rechtlichen Überprüfung nicht stand. Unter Abwägung der Umstände des Einzelfalls in objektiver und subjektiver Hinsicht müsse bestimmt werden, ob das gesamte Tatbild vom Durchschnitt der erfahrungsgemäß vorkommenden Fälle (Regelfall) in einem solche Maße abweiche, dass ein Fahrverbot unangemessen wäre. Abgewogen werden müsse zwischen dem Schamgefühl und damit der Würde des Fahrers einerseits sowie der Sicherheit des Straßenverkehrs andererseits, meinte das OLG. Konnte der Autofahrer seiner Notlage anders entkommen als durch die Geschwindigkeitsüberschreitung? Es müsse geprüft werden, ob der Betroffene sich nicht auch auf andere Weise aus seiner Notlage hätte helfen können, als durch die erwiesene Überschreitung der erlaubten Höchstgeschwindigkeit. Insofern bedürfe es weiterer Feststellungen darüber, ob es dem Betroffenen nicht möglich war, seiner Notlage dadurch zu begegnen, dass er mit seinem Fahrzeug auf dem Seitenstreifen der Autobahn angehalten hätte, um sich dort - hinter seinem PKW vor zudringlichen Blicken geschützt - seiner Notdurft zu entledigen. Sofern diese Möglichkeit bestanden habe, könne sich der vom Betroffenen gewählte Weg unter Umständen doch wiederum als Regelfall eines groben Verstoßes mit der Folge des Fahrverbots erweisen. Das Oberlandesgericht verwies die Sache an das Amtsgericht zurück. Er kannte das Problem "der höheren Gewalt" nur zu gut!

****

Pflichtbewusst fuhren an diesem Morgen die Autos in die Stadt, verursachten immer wieder kleine Staus, reihten sich in die Schlange ein und

pusteten ihre Abgase sichtbar in die Luft. Der Morgennebel tauchte erneut die Täler in sein Grau ein. Die ersten Arbeiter machten vereinzelt, vor ihren Betrieben, wahrscheinlich schon ihre erste Raucherpause. Die auf der Hinfahrt noch vollen Busse waren zwischenzeitlich geleert. Und da langsam fast jeder seinen Platz gefunden hatte, in Schule oder Beruf, lies das Treiben nach.
Am vorigen Abend hatte er noch einen kurzen Bericht über eine geplante Mars Mission auf spiegel.de gelesen. Ab 2025 wollte die Organisation "MarsOne" 24 Menschen auf dem roten Planeten absetzen. 200.000 Weltraum-Fans hatten sich für die Mission beworben- einige sogar nackt. Die hatten das vielleicht mit einem TV-Casting verwechselt, dachte er so bei sich. In jedem Fall waren die ersten Teilnehmer für das Projekt ausgewählt worden. Dem Bericht zufolge wäre das eine Reise ohne Wiederkehr. Von mehr als 200.000 Menschen aus 45 Ländern wurden die ersten 1058 Teilnehmer ausgesucht. In weiteren Etappen sollen innerhalb einer Fernsehshow 24 ausgewählte übrig bleiben, wie "MarsOne" am Donnerstag mitteilte (der Bericht stammte von Donnerstag 2.1.2014). Okay, das war also doch eine Castingshow, bemerkte er nach dem Durchlesen der Zeilen. Die Organisation des Show-Erfinders Bas Lansdorp wollte möglicherweise ab 2025 insgesamt 6 vierköpfige Gruppen auf dem roten Planeten absetzen. Sie sollen dort eine Kolonie aufbauen. Rückflüge zur Erde waren dabei nicht vorgesehen. In einem Statement teilte Landsorp mit, die Organisation sei dankbar und beeindruckt

von der Vielzahl der Menschen, die sich für die Mission beworben hatten. Die weiteren Auswahlen fänden in den nächsten Jahren statt, berichtete Landsorp weiter. "MarsOne" verlangte von den mindestens 18 Jahre alten Teilnehmern eine gute Gesundheit, soziale Kompetenz und gute Englischkenntnisse. Wer dabei ausgewählt wurde, musste die Strahlung während des 7 Monate langen Flugs und die Landung überleben. Naja, das war ja wohl klar, bemerkte er. Der Berliner Kurier berichtete, dass die ausgewählten Kandidaten schon ab 2023 auf dem Mars leben sollten. Die Zeitung berichtete weiter dass eine Französin mit dem Namen Florence Porcel ebenfalls diesen Traum hatte" einmal zum Mars und nie mehr zurück". Die Französin fand es auf der Erde zu eng so jedenfalls erklärte Sie Ihr Vorhaben. Im Bericht sagte sie abschließend:" immerhin kenne sie den Mars besser als die Gegend hier unten!" Völlig irritiert las er diesen letzten Satz und dachte so für sich, dass spätestens jetzt für ihn erwiesen wäre, dass eine große Anzahl dieser Bewerber schlichtweg eins "an der Klatschen hatten"! Auf tagesspiegel.de erfuhr er, dass auch der Potsdamer Denis Newiak sich dafür beworben hatte und nun in der engeren Auswahl war. Der 25 - jährige studierte Filmwissenschaften, macht nebenbei die Uni Zeitschrift, engagiert sich im Hochschule Parlament und verdiente sein Geld als Tanzlehrer und Straßenbahnfahrer. Es schien so als ob der 25-Jährige voll im Leben stand und doch hatte sich der Potsdamer dazu bereit erklärt, seinem irdischen Leben ein Ende zu setzen. In diesem

Bericht wurde 2025 wieder als der erste Termin genannt. Sollte er tatsächlich für die Mission ausgewählt werden, gebe es kein Zurück mehr. Denn der Bau einer Startrampe für den ganzen Rückflug wäre zu aufwendig und zu teuer, deshalb sollen die neue Marsbewohner für immer dort bleiben. Doch Denis Newiak schockte dieser Gedanke anscheinend nicht." es wäre ja noch eine lange Zeit dahin. Und ob er tatsächlich dabei sein werde, war ja auch noch völlig offen. Verabschieden muss ich mich noch von niemanden", sagte er. Allerdings würde sich das Leben für ihn nicht erst 2025, sondern schon im kommenden Jahr radikal verändern, sollte er genommen werden, denn schon 2015 sollen die künftigen Astronauten mit einem Vollzeittraining beginnen. Dabei würde es zum Einen um körperliche Fitness, aber auch um fachliches Wissen gehen, das für das Leben auf dem Mars überlebenswichtig ist. Medizinisches, psychologisches, geologisches, physikalisches und biologisches Wissen soll den Auswanderern vermittelt werden. Das wäre auch nötig, meinte der Potsdamer Kandidat." Die Gruppe wäre ja vollkommen auf sich allein gestellt. Sie müsste völlig autark überleben." Bereits ab 2018 will "MarsOne" mit dem Aufbau des Dorfes auf dem fremden Planeten beginnen. Es sollte aus mehreren sogenannten "Living Units" bestehen, eine Art Hightech-Zelte. Darin sollten die neuen Bewohner schlafen, kochen, essen und sich waschen, aber auch zum Beispiel Pflanzen kultivieren. Die medizinische Versorgung müssten die Bewohner selbst leisten, eine Art Klinik war nicht geplant.

Newiak, der sich selbst als politischen Menschen bezeichnete, dachte auch an globale Probleme wie Armut auf der Erde oder die Umweltzerstörung. Für ihn wäre die Mission eine Art zweite Chance für die Menschen. „Aus den Fehlern der Vergangenheit können wir in der Zukunft auf der Erde wie auf dem Mars lernen", meint er. An eine Kolonisation des Planeten in naher Zukunft glaubte er zwar eher nicht. Aber er war der Meinung, dass das Projekt den Menschen weiterhelfen könnte – auch durch die technischen Neuerungen, die ein solches Projekt mit sich bringt. „Die Reise zum Mond brachte damals ja auch einen unheimlichen Innovationsschub mit sich", sagt er.

Natürlich gebe es auch Kritiker, sogar von einem Selbstmordkommando sprächen manche. Doch Denis Newiak war vom Sinn des Projekts überzeugt. Und verwies auf die Vergangenheit: „Als die Eisenbahn erfunden wurde, dachten viele, dass es den Menschen wegen der Geschwindigkeit die Köpfe abreißen wird." Er wusste aber auch, dass noch zahlreiche Hürden zu überwinden sind, bevor die Mars-Siedlung tatsächlich steht. Deshalb war der 25-Jährige auch nicht restlos davon überzeugt, dass es klappt. „Aber es ist berechtigt, dass man darüber nachdenkt", fand er.

Eine Hürde war natürlich das Geld. Sechs Milliarden US–Dollar hat „MarsOne" an Kosten angesetzt und Zweifler hielten sogar das noch für zu wenig. Die Mittel sollten vor allem durch die

mediale Vermarktung der Mission eingenommen werden, denn die Reise, ihre Vorbereitung und das Leben auf dem Mars waren als riesiges TV-Ereignis geplant, sozusagen Big Brother XXL. Doch Denis Newiak betonte, dass es ihm nicht darum geht, im Mittelpunkt zu stehen, oder ein Abenteuer zu erleben. Ihm liege vor allem an der Forschung, sagt der 25- jährige.
Er brauche nicht einmal eine Sekunde um für sich festzustellen, dass er so eine Unternehmung für kein Geld der Welt jemals machen würde und sein Forschertrieb war gerade mal so groß, dass er beim Spatenstich im Garten seltsame Tiere bewunderte. Ihm war die Erde groß und schön genug, auch mit all ihren Widrigkeiten.
Und wieder fiel ihm der alte, nun fast schon visionäre, Werbeslogan eines Schokoriegelherstellers ein, der wie folgt lautete: "Mars macht mobil, bei Arbeit, Sport und Spiel"!

****

Heute ist der zwanzigste Januar 2014. Mit dieser Gedanke erwachte er. Die Abfolge der Tätigkeiten, die er am Morgen verrichtete, bevor er das Haus verließ, waren täglich nahezu identisch. Gefühlsmäßig hat er sich gedanklich in den letzten Tagen nur mit Blödsinn beschäftigt und irgendwie verspürte er einen Drang nach "Input", sei es auch nur in Form eines guten Films. Nach etwas anspruchsvollerem für Geist und Gehirn war ihm zumute. Die Fernsehzeitschrift hatte er in den letzten 3 Tagen diesbezüglich durchstöberst. Er erlangte die Erkenntnis, dass der Text Marker eher vertrocknet als leergeschrieben sein würde. Die Recherche zu "normalen Fernsehzeiten" war für ihn ein sinnloses Unterfangen. Warum er dann doch den Fernseher anmachte, war selbst für ihn immer wieder verwunderlich. Er verband dieses unsinnige Ritual mit dem Kauf einer Bild Zeitung (die mit dem guten Sportteil). Man kaufte sie um dann zu erkennen, dass sich diese Energieleistung nicht bezahlt machte. Und trotzdem tat man es immer wieder. Nachdem er ein Schokobrötchen und einen Becher Kaffee in einer Tankstelle besorgt hatte, die Bild Zeitung unter den Arm geklemmt, stieg er in sein Auto und fuhr gemächlich über einige Landstraßen. Sein Automobil hatte sogar Ausbuchtungen zum Platzieren von Kaffeebechern vorgesehen. Lediglich eine kleine Lampe fehlte, die man bei Dunkelheit bedienen konnte, um den abgestellten Becher wieder sicher zu finden oder hinzustellen. Die große Innenraumbeleuchtung wollte er dafür nicht nutzen, da diese ihn blendete und außerdem musste ja nicht gleich jeder sehen, was er in seinem Auto so alles tat!!! Er vermisste ein dezentes Licht. Vielleicht hatte die Autoindustrie das auch schon geprüft und festgestellt dass viel zu wenig Bedarf dafür war? Wer trank schon seinen Kaffee bei der Autofahrt? Er und ein paar andere vermutlich, antworte er sich selber und fügte dann noch die nicht unerhebliche Zahl von "Fastfoodkettenautoschalterbesucher" dazu. Zumeist "pudelmützig" waren die Kinder auf dem Weg zur Schule, den Schulranzen auf den Rücken geschnallt. Er musste sein "zumeist" von gerade eben sofort wieder revidieren, denn plötzlich

erschienen alle weiteren Schulkinder ohne Pudelmütze. Die meisten Kamine rauchten und er musste noch ein paar Mal herzhaft gähnen, zog die Nase hoch, denn sein Schnupfen quälte ihn immer noch ein bisschen. Anschließend behandelt er seine Nase mit einem Meer - Salz - Spray. Die im ländlichen Raum verbliebenen Landwirte waren alle schon an der Arbeit, denn in den vereinzelten Ställen brannte Licht. Ob darin auch Musik gespielt wurde konnte er nicht hören, da das Fahrgeräusch einfach zu laut war.
Er hatte sich gedanklich zurückgelehnt und versuchte herauszufinden, welches Urlaubsziel er in diesem Jahr wählen sollte. Seiner Meinung nach war die Toskana samt Umgebung, also das nördliche Mittelitalien, mal wieder fällig.
Am späteren Abend saß er dann vor seinem PC und forstete das Gebiet einmal durch, dabei stieß er auf das kleine Städtchen Calcata. Der Ort war aus einem einzigen Tuffklotz herausgeschnitten, wie er kurz darauf im weiteren Bericht erfuhr. In Folge seiner weiteren Ermittlungen stieß er auf etwas für Ihn unfassbares nämlich auf " Das Geheimnis der heiligen Vorhaut Jesu Christi", wie diewelt.de titelte. Erst glaubte er sich verlesen zu haben und meinte "Vorhut" gelesen zu haben, aber tatsächlich handelte der Bericht von der eben besagten "Vorhaut".
Also begab er sich auf die geschichtliche Reise in Form des wie folgt lautenden Berichts von Paul Badde.
Ein Städtchen ohne Gärten, das sich aus einem Urwald empor in die Höhe streckt, so beschrieb der Reporter Calcata. In der Kirche war für

Jahrhunderte die Reliquie des Sanctum Preputium verwahrt und verehrt worden, die "heilige Vorhaut" Christi. Jedes Jahr wurde die Reliquie feierlich durch Calcata getragen, mit einer Prozession der Freaks und Hippies hinter sich her, durch einen Korridor glasiger Augen und wallender indischer Saris – bis 1983. Dann wurde das "Sanctum Preputium" geraubt und tauchte bis heute nicht mehr auf. Angelo Barbieri von der Gemeindeverwaltung, der 1.200 alte Fotos zur Geschichte des Städtchens zusammengetragen hatte, hatte nur zwei Bilder, auf denen diese Prozession zu sehen ist. Eines davon stammt vom 17. September 1933, als die Faschisten des Ortes ihre Arme zum "römischem Gruß" vor der heiligen Vorhaut erhoben. Vom Reliquiar selbst war da nichts zu erkennen. Viel klarer war hingegen die Geschichte der Reliquie, zunächst in den letzten 500 Jahren, dann zurück bis zum Jahr 800. Ihr Anfang aber wäre mehr etwas für Dichter. Der portugiesische Nobelpreisträger José Saramago erzählte die Geschichte 1991, als sei er dabei gewesen, wie Joseph "am achten Tag nach der Geburt Jesu seinen Erstgeborenen zur Beschneidung in die Synagoge trug, wo ein Priester dem weinenden Säugling mit einem groben Messer die Vorhaut abschnitt".
Der "blutende kleine Hautring" habe im 8. Jahrhundert "unter Papst Paschalis I. eine großartige Heiligung" erfahren und könne "heute in der Pfarrei von Calcata besichtigt werden". 1991 war aber wie gesagt die Reliquie schon längst verschwunden. Saramago hatte versäumt, beim Pfarrer in Calcata anzurufen. Nach den

Annalen des Vatikans hingegen tauchte die Vorhaut Christi als Geschenk der byzantinischen Kaiserin Irene zuerst am Hof Karls des Großen in Aachen auf, der sie anlässlich der ersten Kaiserkrönung durch den Papst am Weihnachtstag 800 in Rom an Leo III. weiterschenkte. Rom war die Stadt der Reliquien. Die Katakomben hatten die Gebeine Hunderter und Tausender Märtyrer und Heiliger aufbewahrt. Die Hauptstadt der christlichen Welt bezog ihre Legitimation nicht mehr von Romulus und Remus, sondern von den Gräbern der Apostelfürsten Petrus und Paulus in und vor ihren Mauern. Von Christus selbst waren – da er ja nach seiner Auferstehung in den Himmel aufgefahren war, was zum Kern des christlichen Credos gehört – nur die Leidenswerkzeuge übrig geblieben, die Nägel, das Kreuzesholz, sein letztes Hemd und die Leichentücher. Seine zu Lebzeiten abgeschnittenen Fuß- und Fingernägel und Haare waren unidentifizierbar in die Materie Galiläas und Judäas übergegangen. Die mumifizierte Vorhaut des Säuglings musste deshalb seit ihrem Auftauchen als plastisch konkreter und einzige übrig gebliebener materieller Ausweis der Menschwerdung Gottes in Jesus verstanden werden. Die katholische Kirche hatte ab dem 6. Jahrhundert jeweils am 1. Januar – acht Tage nach dem Fest der Geburt Christi – das "Fest der Beschneidung des Herrn" zuerst in Frankreich gefeiert und seit dem 9. Jahrhundert auch in Rom, wo die Reliquie gleich in den Lateran, zum Reliquienschatzhaus der Päpste ging. Hier blieb sie jahrhundertelang. Als aber ein Heer deutscher und spanischer Landsknechte am 6. Mai 1527 die Stadt im Sacco di Roma stürmten, ging neben vielen anderen Schätzen auch diese Reliquie verloren. Ein Söldner soll sie an sich gebracht haben. Der Legende nach hastete er mit der Beute über die hügelige Via Flamina nach Norden zurück. Es soll ein Soldat namens Lanzichenecco gewesen sein, in dem sich bis jetzt eine Verballhornung des deutschen "Landsknecht" heraushören lässt. Rund 50 Meilen nördlich von Rom sei er von Söldnern des Grafen Anguillara ergriffen und in Calcata in den Kerker der bemoosten Burg geworfen worden, wo er das Schmuckstück im lehmigen Tuff des Bodens verborgen habe, damit ihm nicht deswegen der Prozess gemacht würde. Er kam frei, kehrte nach Rom zurück und starb rund 20 Jahre später in der Nähe von Sankt Peter, wo er einem Priester vor seinem Tod das Versteck der verlorenen Reliquie verriet. Davon erfuhr auch der Papst. Doch die Versuche des Vatikans scheiterten, die delikate Reliquie nach Rom zurückzubekommen. Stattdessen brachen nun Pilger von Rom nach Calcata auf, zu der Vorhaut Christi in einem Reliquiar über dem Hochaltar. Einmal im Jahr, am Fest der Beschneidung Christi, wurde es auch unter einem kostbaren Seidenbaldachin mit Weihrauch und zum Gesang gregorianischer Litaneien durch das Bergstädtchen getragen, um in ihm das Wunder zu verehren, dass Gott Mensch geworden war. Im Grunde gab es keine intimere Verbindung zwischen Judentum und Christentum als das Sanctum Preputium und sein Fest am 1. Januar, das 1969 abgeschafft wurde. Die heilige Vorhaut überlebte die Abschaffung des Festes um 14 Jahre. Din Enrico, der jetzige Pfarrer, zeigte demnach hoch über dem Altar auf eine lateinische, fast unlesbare Inschrift in grünen Marmor, in der es heißt: HIC RECONDIT SACRATISSIMUM DIVINI NOSTRI IESU CHRISTI PREPUTIUM (Hier liegt die allerheiligste Vorhaut unseres Herrn Jesus Christus verborgen). In dem offenen Tabernakel mit der ausgerissenen Tür darunter ist jetzt noch die alte rot-goldene Brokatverkleidung zu sehen, aber vor allem das Porträt Christi, das er da hineingestellt hat. In diesem Tabernakel war das Reliquiar verborgen. Doch der Tabernakel war ja zwischenzeitlich leer. Die Stuckaturen, die den Altar immer noch auf einzigartige Weise schmückten, waren besonders. Links die Ankündigung der Geburt durch den Erzengel Gabriel an Maria, darüber die Geburt Christi, im Scheitel ein Bild des Auferstandenen. Und daneben dann die Beschneidung Christi. Links neben dem Altar ist auf einer alten Fahne die einzige Abbildung der Reliquie zu sehen, die in der Kirche übrig geblieben ist. Der heilige Cornelius und der heilige Cyprianus, der eine ein Papst, der andere ein Bischof, beide Schutzpatrone der Stadt, stehen da unter einem geöffneten Himmel, wo zwei Engel so etwas wie eine Krone tragen, über einem Band mit der lateinischen Inschrift "Signa Circumcisionis D.N.I.C" (Die Zeichen der Beschneidung unseres Herrn Jesus Christus). Wahrscheinlich hat der Vatikan sie geschickt beiseiteschaffen lassen, um einer letzten Schändung zuvorzukommen." Der Raub der Vorhaut durch den Vatikan ist in Calcata allgemeine Annahme. Auch im Internet wird die Theorie kaum je ernsthaft bezweifelt. "Nein, nein und nochmal nein", sagt hingegen der alte Don Dario in Nuova Calcata im Vorgarten seines Pfarrhauses. Sonst wollte er eigentlich nicht viel sagen, laut Reporter Badde. Don Dario war der alte Pfarrer Calcatas, der am Neujahrstag 1983 morgens verkündete, die Prozession müsse leider ausfallen, weil die Reliquie gestohlen worden sei. Schon damals fiel der Verdacht sogleich auf ihn selbst. Don Dario war damals 50 Jahre alt. 43 Jahre hat er in Calcata verbracht. Er verwiese leidenschaftlich auf ein Dekret des Vatikans von 1900, demzufolge Katholiken gar nicht mehr über die Reliquie reden sollten und bat dafür um Respekt. An dem Tag des Diebstahls erinnerte er sich noch haargenau. "Es waren ordinäre Diebe. Es war ein Pärchen", sagt er, "und ich bin überzeugt davon, dass sie es nach einem Programm betrieben haben. Ja, es war eine Frau dabei und sie waren mir vorher schon aufgefallen, weil sie mich ausspionieren wollten. Und dann sind sie da vorne durch dieses Fenster bei mir eingestiegen und haben die Reliquie gestohlen, als ich gerade einiger Erledigungen wegen in Rom war." Er zeigt auf den Bungalow aus unverputzten Tuffziegeln hinter ihm, der sein Pfarrhaus war. In einem weißen Schuhkarton verpackt und getarnt, hatte er den Schatz in seinem Schrank versteckt. Doch warum war die Reliquie überhaupt hier? "Weil ich sie in Sicherheit bringen wollte. Es hatte vorher schon

Versuche gegeben, sie zu stehlen. Hier wurde dauernd gestohlen. Erst vor Kurzem, vor drei Monaten, war in der alten Kirche wieder eine Tür vom Tabernakel gestohlen worden, einfach so." Und wie sah das Reliquiar aus? "Es war klein. Zwei Engelchen, die zusammen eine Eichel hielten, wie wir sie als Kinder immer in den Wäldern gesammelt haben, als Futter für die Schweine. In diesem winzigen Gefäß befand sich die Reliquie selbst." War das Gefäß aus Gold? "Nein, es war versilbert, mit ein paar kleinen Edelsteinen, von denen aber einige schon herausgefallen waren." Die allerheiligste Vorhaut war weg, gestohlen und er konnte es nicht ändern und hoffte nur, dass kein Schindluder mit ihr getrieben wird. Dass sie jemals wieder auftauchen würde, konnte er sich nicht vorstellen. Sie war aber doch schon einmal gestohlen und für Jahrzehnte verschwunden, bevor sie wieder auftauchte? Er winkt ab. Tempi passati. Das Sanctum Preputium darf also als endgültig verschwunden gelten. Die keuscheste Reliquie der Welt, die sich vorstellen lässt, die Vorhaut eines acht Tage alten Säuglings, die es substanziell wohl nie gegeben hatte, gab es seit 1983 auch de facto nicht mehr. Letzten Endes, ultimativer als in der frommen Verehrung dieses göttlichen Hautkringels ist am Glauben an der Menschwerdung Gottes nie festgehalten worden. Einzigartiges Garantiesiegel der jüdischen Herkunft Christi und der Gesetzestreue seiner Eltern. Mit dem Fest der Beschneidung hatte es immer das Bewusstsein wach gehalten, dass Jesus von Nazareth ein Jude war. Das war doch der

Stoff aus dem die großen Bücher und erfolgreiche Verfilmungen unserer Zeit sind, dachte er schmunzelnd. Man stelle sich vor nach:"Illuminati", "Symbol", "Inferno" und "Diabolus" präsentierte Dan Brown sein neues Buch "Christi`s Vorhaut" oder George Lucas und Steven Spielberg verfilmten " Indiana Jones - Auf der Suche nach der verlorenen Vorhaut" mit Harrison Ford in der Hauptrolle. "Yes we can" sagte ja schon bekanntlich ein amerikanischer Präsident und Bob der Baumeister, also warum eigentlich nicht, schloss er vorerst mit dem Thema ab. An diesem Abend hatte er sich in der etruskischen Geschichte vertieft und darüber hinaus seinen eigentlichen Plan, den Urlaub zu planen, vollkommen verloren. Die Geschichte war ja aber auch wirklich abstrus.

****

Früh am Morgen wollte er im Teletext das Wetter ab fragen, dabei stieß er auf eine interessante Nachricht bei VOX. Darin las er dass in rund 190.000 Fällen jährlich gesundheitliche Schäden bei Patienten durch Behandlungsfehler in Deutschlands Krankenhäusern nach Schätzungen der AOK verursacht wurden. Etwa 19.000 Todesfälle gingen auf solche Fehler zurück. Die Zahl der unerwünschten, vermeidbare Zwischenfälle lag sogar noch höher: zwischen 360.000 und 720.000 Mal passiert in den Kliniken pro Jahr Dinge, die eigentlich nicht passieren sollten. Zu den Problemen zählten laut Studie Fehler bei der Medikamentengabe oder mangelnde Hygiene. Dazu wusste Spiegel Online, dass es mehr Tote durch Behandlungsfehler gab als im Straßenverkehr. Spiegel Online gab laut dem Bericht bekannt, dass zusammenfassend eine Größenordnung von 5 bis 10 Prozent unerwünschte Ereignisse, zwei bis vier Prozent Schäden, ein Prozent Behandlungsfehler und 0,1 Prozent Todesfälle, die auf Fehler zurück gingen, angenommen wurden. Jürgen Klausber, Geschäftsführer des wissenschaftlichen Instituts der AOK berichtete, dass im Jahr 2012 971 Krankenhäuser Patienten mit einem Herzschrittmacher versorgten. Verrutschte das Gerät in mehr als drei Prozent der Fälle, galt das als auffällig. Das war bei immerhin 131 Krankenhäusern (13,5%) der Fall. 2012 gab es 154.000 geplante Implantation von Hüftgelenksprothesen. Bei 7,4 Prozent der AOK-Patienten kam es in der Folge zu Komplikationen, vier Prozent benötigen eine Folge-OP. Bezogen auf diese Zahlen bedeutete dies, dass mehr als 11.000 Patienten im Jahr 2012 unter Komplikationen litten und rund 6.000 Betroffene erneut operiert werden mussten. Beim Beispiel Frühchen wurde einiges klar. Je mehr Frühgeborene eine Klinik behandelte, desto größer war die Überlebenswahrscheinlichkeit. Laut den AOK-Daten war das insbesondere bei Babys der Fall, die bei der Geburt weniger als 1.250 Gramm Gewicht hatten. Demnach war das Risiko, dass ein zu kleines Baby in eine Klinik mit 15 Frühgeburten pro Jahr starb, um 87 Prozent höher als in Kliniken mit mehr als 45 Fällen jährlich. Es war schon manchmal seltsam was da passierte. Ein Chefarzt am Krankenhaus Radolfzell vergaß ein Operationsbesteck im Bauch einer Patientin. Das 30 cm lang Instrument wurde erst neun Monate später auf einer Röntgenaufnahme entdeckt. In Straubing wurde ein 67 Jahre alter Klinik Besitzer, 6 Jahre nach dem Tod einer Patientin, wegen Totschlags und Körperverletzung zu drei Jahren Haft verurteilt. Bei einer Herz-OP wurde eine Schlagader verletzt. Obwohl der Chefarzt Komplikationen bemerkte, lies er die lebensgefährlich Verletzte erste nach 6 Stunden in eine größere Klinik bringen. Für die Verzögerung waren laut Landgericht Regensburg persönliche Differenzen mit einer nahegelegenen Konkurrenz Klinik dafür verantwortlich. Ein vorbestrafter Schönheitschirurg wurde im Dezember 2005 zu sechseinhalb Jahren Haft verurteilt. Das Landgericht Nürnberg Fürth sah es als erwiesen an, das der Mann Frauen bei Brustvergrößerungen und Fettabsaugungen nicht kunstgerecht und mit mangelnder Hygiene operierte. Einer Patientin schnitt er auf dem Wohnzimmerboden in die Brust, um Eiter zu entfernen. Nach dem Tod einer Patientin war der Arzt zuvor bereits vom Amtsgericht Wernigerode zu zweieinhalb Jahren Gefängnis verurteilt worden. Nach der Haftentlassung verlegte er seine Praxis nach Nürnberg. Ein weiteres Beispiel dafür war ein Fall aus dem Krankenhaus Münchberg im März 2008. Dort wurde eine 78-jähriger Opfer eine Verwechslung am OP Tisch. Statt der erforderlichen Operation am Bein wurde der Frau fälschlicherweise ein künstlicher

Darmausgang gelegt. RP ONLINE berichtete am zwölften Januar, dass Forscher des amerikanischen "Institut of Medicine" herausgefunden hatten, dass allein in den USA jährlich bis zu 98.000 Menschen an Fehlern bei ihrem Krankenhausaufenthalt starben. Studien aus England und Australien ergaben, dass zwischen 12 und 16 Prozent aller Klinikpatienten bei ihrer Behandlung "ein unerwünschtes Ereignis widerfahren würde". Der Präsident der deutschen Chirurgen Gesellschaft, Matthias Rothmund, sagte demnach, dass die Luftfahrt Gesellschaften den Medizinern um 20 bis 30 Jahre voraus waren, was Fehlermeldung anginge. So läge das Risiko, eine schwere oder tödliche Komplikationen zu erleiden, im Krankenhaus bei 1 zu 200, im Luftverkehr dagegen bei 1 zu 2 Millionen. Er fuhr weiter fort und berichtete, dass die meisten Behandlungsfehler in den Kliniken nicht etwa spektakuläre Fälle wären, sondern "die kleinen Unzulänglichkeiten im Alltag." Dazu zählten Verwechslungen von Namen, Medikamenten oder der richtigen Dosis. Abschließend gab er zu bedenken, dass Fehler immer passieren können, wo Menschen zu Gange seien, aber dass auch eine Sicherheit von 99 Prozent trotzdem nicht ausreichend wäre. Diese würde jede Woche noch immer 1.225 fehlerhafte Operationen in deutschen Kliniken bedeuten. Nach diesen Berichten war ihm schlecht. Er glaubte den ganzen Tag über besonders vorsichtig gefahren zu sein. Er drängte nicht auf sein Vorfahrtsrecht, fuhr über keine gelbe Ampel und war nirgendwo auch nur ein Kilometer schneller als erlaubt. Der Bericht hatte Wirkung gezeigt. Der Tag bereitete dann schon wieder die Nacht vor. Rechter Hand sah er ein schönes Abendrot und vor ihm zeichnete sich Wolkengrau. Mal schauen, welche Farben ihm heute die entgegenkommenden Autos präsentieren würden, lenkte er sich ab: schwarz, silber, grau, schwarz, blau, blau, blau, blau, blau, schwarz, schwarz, weiß, blau, grau, blau, blau, schwarz, weiß, silber, schwarz, silber, blau, schwarz, vor ihm zeichnete sich einen Regenfront ab, weiß, schwarz, silber, grau, weiß, blau, noch hatten ihn die Tropfen nicht erreicht, schwarz, weiß, grau, silber, rot, schwarz, grau, weiß, grau, blau, grün, schwarz, schwarz, schwarz, silber, rot, weiß, weiß, blau, grün, rot, silber, silber, schwarz , silber, rot, blau, schwarz, silber, grau, weiß, grau, blau, schwarz, silber, da waren sie wieder, die beleuchteten Ameisen, rot, silber, schwarz, rot, silber, schwarz, blau, rot, rot, blau, blau, silber, silber, schwarz, silber, gelb, blau, grün, schwarz, silber, weiß, blau, weiß, blau und schwarz. Die Dunkelheit oder vielmehr der nebelverhangene fast lichtundurchlässige Himmel machte es immer schwerer die Farben zu erkennen. Er brach seine Mission ab.

"Gedankliche Aufzeichnung 8"

Grau-Silber: IIIIIIIIIIIIIIIIIIIIIIII
Blau: IIIIIIIIIIIIIIIII
Weiß: IIIIIIIII
Grün: III
Gelb: I
Rot: IIIIIII
Schwarz: IIIIIIIIIIIIIIIIIIII
Braun: -

Insgesamt hatte er auch den ganzen Abend sehr bedächtig und vorausschauend gestaltet. Es gab Mandarinen und Bananen zum Abendbrot, denn da war die Verletzungsgefahr deutlich geringer, als bei einem Essen mit Messer und Gabel.

****

Heute war Donnerstag. Aber leider hatte er das Datum schon wieder vergessen. In seinem Kopf suchte es krampfhaft nach den richtigen Zahlen. Am heutigen Tag hatte es minimal geschneit, so als wäre es ein zarter Versuch gewesen, um die Funktionalität der "himmlischen Schneekanonen" zu prüfen. Das Bisschen schlenderte durch die Lüfte, berührte den Boden, um dann sofort zu vergehen. In den höheren Lagen sei sogar der Schnee liegen geblieben, erfuhr er. "Der Dreiundzwanzigste", jetzt fiel ihm das Datum wieder ein. Der Wetterbericht sagte im Norden bis zu minus 15 Grad voraus. Der Süden sollte allerdings von diesen Minusgraden nur die abgeschwächte Version vorerst erhalten. So knapp vor Ende Januar brauchte er den Winter nun auch nicht mehr. Wenn der bisher keine Zeit hatte, dann bräuchte er sich nun auch nicht mehr beeilen. Der Winter hatte schließlich seinen Auftritt schon vor der Startlinie verpennt. Er würde ihn einfach disqualifizieren und das Frühjahr einleiten. Ja für ihn war der Winter bekanntlich wie eine Krankheit und Krankheiten brauchte er nicht und konnte sie genauso wenig leiden. Nachdem er heute einen unspektakulären Tag erlebt hatte war er auf der Heimreise. Das Thermometer hatte 2 Grad plus erreicht. Die Nacht hatte sich schon über die Landschaft gelegt. Er ließ seine Gedanken Revue passieren bezüglich den letzten Tagen. Bis auf die eine oder andere witzige Recherche, die er für sich ergattert hatte, war gar nichts großartiges passiert. Keine Höhen keine Tiefen! Nichts, an das man sich später einmal zurück erinnern würde. Das Leben läuft einfach zu und läuft und läuft und läuft wie ein unermüdlicher Marathonläufer, ob man mithalten konnte war egal. Wie viel Tage vergingen tatsächlich im Leben ohne "himmelhoch jauchzend" Anteil daran genommen zu haben? Einfach vergessene Tage und trotzdem war man irgendwie zufrieden. Zufrieden weil man zwischenzeitlich abgestumpft war und nix Höheres und Spannendes mehr erwartete? Zufrieden, weil alles mehr oder minder reichte? Weil genug Essen da war, keine Kriege in Sicht waren und keine größeren Detonationen links und rechts zu verzeichnen waren? Klar dafür musste man eigentlich dankbar sein. Was war ein Leben, das zu 70 oder 80 Prozent später aus vergessen

Tagen bestünde? Die große Freiheit bestand meistens darin Reisen zu buchen oder sich ein etwas teureres Auto oder eine Schrankwand zu kaufen. Es war eine Art Ersatzbefriedigung für alle Träume und Ideen, die zweifellos vorhanden waren, aber eben nur als Träume gebraucht wurden, das Einlösen eben dieser hätte Mut und Freiheit gebraucht. Da man aber Arbeit benötigte, um Träume zu finanzieren, arbeitete man nicht nur seiner Träume wegen. Und vor lauter Arbeit und Pflichtbewusstsein stellte man alles andere hinten an. So behielt man wenigstens seine Träume. Er fragte sich nur, wann er das letzte Mal so richtig gelacht hatte. Warum wiederholte es sich so selten? Lachen hält gesund!

Er stellte dabei wieder fest wie sehr man in sich selbst gefangen war. Wie oft sah er in die lachende Gesichter der Tänzer und Tänzerinnen. Er spürte förmlich das Losgelassen sein, die Freude und das Vergnügen bei der Ausübung. Der Weg zum Tanzen blieb ihm allerdings verschlossen. Ähnlich verhielt es sich beim Fernsehen. Wie viele lachten sich schlapp über die Comedians, die tagtäglich durch das Fernsehbild hampelten. Er fand die meisten davon flach und billig. Es war ihm einfach zu wenig, dass nur jeder zehnte bis fünfzehnte Witz einigermaßen gut war. Das war ungefähr vergleichbar mit einer Packung Mon Cheri, die nur in jeder zehnten Schokohülle auch eine Kirsche verbarg. Doch er hätte so gerne über die Witze lachen wollen! Er war er! Das war sein Fluch und das war sein Segen. Insgesamt hatte sich in seinem Leben ein gewisser Trott eingeschlichen. Nicht, dass es schlecht war, es vereinfachte auch vieles, aber die Höhen und Tiefen eines Lebens waren auch ziemlich abhanden gekommen. Das bedauerte er manchmal, konnte aber gedanklich auf die Tiefen sowieso ganz verzichten, fand aber nach Durchsicht seiner Tage auch die Höhen nicht oder nur ganz selten. Er hatte seine Spontanität sicher mit der Zeit verlernt. Vielleicht bediente er seine Spontanität auch einfach nicht mehr. War das der Unterschied zwischen Jung und Alt? Wie viel weniger Gedanken hatte man sich als Jugendlicher gemacht, um irgendeine Action zu starten? Und er? Hatte er überhaupt noch das Umfeld, konnte er noch aus seiner jetzigen Haut schlüpfen? Es überkam ihn bei so viele Gedanken über sich selbst und das Leben eine gewisse Traurigkeit gepaart mit aufkommender Müdigkeit. Auf der anderen Seite überlegte er sich, ob er solche Abenteuer überhaupt noch brauchen würde. Es ging einfach nicht den Verstand von heute, mit der jugendlichen Leichtigkeit zu koppeln. Er war sich aber ganz sicher, dass er zukünftig wieder ein bisschen mehr am Leben teilnehmen wollte. Er versprach sich abschließend bald möglichst wieder einmal in einen Zug zu steigen.

****

Am 24.01. hatte es doch schon ein bisschen mehr geschneit. "Naja, vielleicht 2 cm, vermutete er, nachdem er die angesammelte Schneehöhe auf dem Querbalken seiner "Rosenrankhilfe" inspizierte. Das war alles noch recht überschaubar. Ein paar dicke Wolken verzogen sich gerade und die Sonne würde wohl demnächst, am fast blauen Himmel, das Regiment übernehmen. Ein paar sanfte Schneekristalle fielen noch vom Himmel. Jetzt würde er erst einmal den Fernseher einschalten, denn eine Tageszeitung besaß er nicht, um das Wetter der nächsten Tage zu ergründen. Noch aber wollte er ein bisschen warten bis die Sonne endgültig das Zepter am Himmel übernommen hatte und ihre winterliche Strahlkraft auch in seinem Gesicht "verschwendete". Er fand, dass das Bild, das sich ihm bot, gar nicht so schlecht aussah, was die Winterlandschaft anging Der Rauch der Kamine zog quer ab, das lag sicher an dem leichten Wind der herrschte, denn dieser schob auch die Wolken zwar schwach aber sichtbar weiter. Gefühlsmäßig war es eine kältere aber doch sehr frische Luft, die er einatmete. Von links nach rechts und von rechts nach links flogen einige Vögel durch seinen Garten. Manche machten eine kurze Pause in den Hecken und Gebüschen, um dann weiter ihren Weg zu "fliegen". Die Sonne berührte nun, durch die gegenüberliegenden Häuser hindurch scheinend, einen Teil der Spitzen seiner Hecken. Die Fenster seines Hauses spiegelten sich an den gegenüberliegenden Häuserwänden. Langsam trottete er in das Wohnzimmer zurück. Da durchflutete die Sonne das Wohnzimmer und malte lange Striche auf den Parkettboden. Von hier aus betrachtet, strahlte die Sonnenkugel mit einer unheimlichen Macht. Er schaute direkt auf sie und meinte, dass die Seiten des glühenden

Rund sich immer von oben nach unten und zurück verschoben. Irgendwie bewegte sich das Ding auf der Stelle. Auch er war nun Teil des Schattenspiels und sah seine dunkel ausgefüllte Silhouette am Ende des Raums. Er winkte sich zu! Dann las er den Wetterbericht und vernahm, dass es heute zumeist bewölkt sein sollte. Es könnte auch noch Regen oder Schnee mit in das Geschehen eingreifen. Sonntags sollte es neue Regen -und Schneefälle geben. Laut der US-amerikanischen Sängerin Kathy Perry fühlte sich die Sängerin, nach eigenen Worten, von außerirdischen Leben umgeben, das las er im Teletext von Servus TV. Sie sah alles durch eine spirituelle Linse und sie glaubte ebenfalls an viele astrologische Dinge. Sie glaubte auch an Aliens! Ihrer Aussage nach, schaute sie in die Sterne und denkt sich dabei wie aufgeblasen die Menschheit doch wäre, um zu glauben, dass wir die einzige Lebensform im Universum wären.

 Im grenzwissenschaft-aktuell.blogspot gab es eine Prognose die besagte, dass wir bis 2030 außerirdisches Leben entdecken würden. Darin hieß es weiter: Vor dem Hintergrund der aktuellen Entdeckungen erdgroßer Exoplaneten, den darauf beruhenden Schätzungen, nach denen es alleine in unserer Galaxie der Milchstraße Milliarden von potentiell lebensfreundlichen erdähnlichen Planeten gäbe und der sich daraus ergebenden Erkenntnis, dass sich der uns nächste lebensfreundliche Planet weniger als 12 Lichtjahre von der Erde entfernt befinden sollte, dürfte die erste Entdeckung einer solchen zweiten Erde nicht mehr allzu lange auf sich warten lassen. Das Wissenschaftsmagazin "New Scientist" ging davon aus, dass wir schon innerhalb der kommenden 17 Jahre über die notwendigen Technologien und Instrumente verfügen würden, um solche Planeten auch direkt beobachten und analysieren zu können. Schon der Nachfolger des derzeitigen Planetensuchers der NASA, dem Weltraumteleskop Kepler, der für 2017 geplante Transiting Exoplanet Survey Satellite würde in der Lage sein, nahe Sterne nach erdgroßen Planeten abzusuchen. Experten vermuteten, dass alleine TESS hunderte solcher Planeten finden würde. In der Nachfolge sollte dann das "James Webb Space Telescope" (JWST) ab 2018 entsprechende Entdeckungen genauer ins Visier nehmen. Auch der im Rahmen der "New Worlds Mission" bis 2020 angedachte, gewaltige Coronagraph "Starshade" könnte die Entdeckung und Beobachtung erdnaher und zugleich erdähnlicher Planeten in einem Umkreis von bis zu 32 Lichtjahren ermöglichen. Sollte Leben also im Universum keine Seltenheit sondern die erhoffte Regel sein, so zeigt sich zumindest der "New Scientist" schon heute zuversichtlich, dass wir zumindest erste Hinweise darauf schon innerhalb des nächsten Jahrzehnts entdecken werden. Neuseeländische Astronomen hatten eine neue Methode zur Suche nach erdähnliche Planeten vorgestellt und schätzten, dass die Anzahl entsprechender Welten alleine in unserer Milchstraße rund 100 Milliarden betragen würde. Die Bild-Zeitung vermeldete am heutigen Tage das "Leben im All entdeckt wurde. Der Bericht des Reporters Ralf Klostermann las er mit

Spannung. Es könnte die Wissenschaftssensation des Jahres werden! Britische Forscher wollen erstmals Spuren organischen Lebens im Weltall entdeckt haben. In Form von winzigen Mikroben, die sie in der Stratosphäre aufgelesen und zur Erde gebracht haben. "Kommen bald Aliens zu Besuch? "Gibt es doch Leben im Weltall"?, titelte die Bild-Zeitung in bekannter Manier.
Außerirdische Wesen in fernen Galaxien? Britische Wissenschaftler glaubten, dafür jetzt einen ersten Beweis gefunden zu haben! Winzige Mikroben, die kilometerweit über der Erde schwebten und eingefangen wurden – und die angeblich nicht von der Erde stammen können! Die Fakten waren: Ein Team um Prof. Milton Wainwright von der Universität von Sheffield (England) hat einen Spezialballon in die sogenannte Stratosphäre (Teil der Erdatmosphäre) aufsteigen lassen. Dort oben, in rund 27 Kilometern Höhe, wurden Proben genommen, die nach Rückkehr des Ballons auf der Erde unter einem Elektronenmikroskop untersucht wurden. Zum Vergleich: All-Springer Felix Baumgartner flog aus 38 Kilometern Höhe zur Erde. Prof. Wainwright zu BILD: „Wir wissen noch nicht, was es ist. Es sind keine Pollen, keine Bakterien, aber es sieht biologisch aus." Der Molekularbiologe ging davon aus, Mikroben aufgespürt zu haben – also Lebewesen, die meist nur aus einer einzigen Zelle bestünden. Sie ähnelten in ihrer Struktur einer Algen-Art namens Nitzschia. Die Forscher untersuchten die All-Teilchen jetzt weiter mithilfe eines sogenannten Massenspektrometers im Labor und

wollten so den Ursprung klären. Aber stammten diese Teilchen wirklich aus dem All? Oder kommen sie doch von der Erde? Die Europäische Weltraumorganisation (ESA) glaubt nicht an die Theorie von Wainwright, hält seine Beweise für zu dünn. Der ESA-Experte Rainer Kresken zu BILD: „Es ist sehr wahrscheinlich, dass diese Teilchen von der Erde stammen. Sie könnten durch einen großen Wirbelsturm hochgebracht worden sein. In der Erdatmosphäre wimmelt es von Schwebeteilchen, die von der Erde stammen." Prof. Milton Wainwright, der seit zehn Jahren an diesem Forschungsprojekt arbeitet, ist dagegen sicher, dass die gefundenen Organismen nicht von der Erde stammen. Wainwright: „Nur ein gigantischer Vulkanausbruch könnte Teile dieser Größe 27 Kilometer hoch in die Stratosphäre geschleudert haben." Aber so einen Ausbruch habe es in den letzten Jahren nicht gegeben. Wainwright weiter: „Wenn das Leben wirklich aus dem Weltall zur Erde gekommen ist, verändert das unsere Sicht der Biologie und der Evolution völlig. Dann müssen neue Lehrbücher geschrieben werden." Bisher glaubte die Wissenschaft, dass einzelne chemische Teile mit Kometen zur Erde kamen und miteinander reagierten, so dass Leben auf der Erde entstand. Die Theorie des englischen Forschers ist nun, dass bereits „fertiges Leben" im All existiert und sich auf der Erde angesiedelt hat – und damit eben auch, dass es noch andere Lebewesen irgendwo weit da draußen gibt. In jedem Fall hatte er noch keine Angst, dass bald Aliens zu Besuch kommen würden. Ach da war ja noch

"Das Wesen von Metepec". Laut Bild-Zeitung wurde 2007 eine Kreatur auf einer mexikanischen Farm in einer Rattenfalle gefangen, die Rätsel aufwarft: Das „Wesen von Metepec", benannt nach dem Fundort, sah aus wie eine Mischung aus Echse und Mensch, mit großem Kopfumfang. Der Bauer hatte es aus Angst ertränkt – er musste die schreiende Kreatur angeblich mehrere Stunden unter Wasser drücken bis sie aufhörte zu zappeln. Warum ertränkt man so eine Kreatur, dachte er sich? Zum einen würde er schon längst das Weite gesucht haben, bei solch einer unklaren Lage, was den Gegenüber betraf und zum andern: Wenn er die Kreatur stundenlang ertränkte, müsste ihm doch irgendwann klar geworden sein, das er der Überlegene war, denn die Kreatur hatte der Bauer wohl " im Griff". Dann hätte doch auch ein Gaffa-Tape und ein Schuhkarton, natürlich mit kleinen Löchern versehen, gereicht. Nun noch schnell das Päckchen an die neue mexikanische Raumfahrtagentur Agencia Espacial Mexicana (Aexa), alternativ zur NASA oder zur Area 51 in Nevada und die hätten alles weitere schon fachmännisch erledigt. In der Bild-Zeitung stand darüber weiter: War es nur ein mutiertes Tier? Mehrere Labore hatten Proben des Wesens untersucht. Jedes Lebewesen auf der Erde trägt in der DNA seine Erbinformationen – nur bei diesem konnte kein Forscher eines dieser Biomoleküle finden. Dr. Jesus Higuera (welch Vorname, gerade dazu geschaffen für das Entdecken von neuem Leben, dachte er), Chef des Radiologischen Instituts in Mexico City, wunderte sich über das „ungewöhnliche innere

Ohr der Kreatur", das er während einer Tomografie entdeckt hat. „Es erinnert mehr an ein menschliches Ohr als an das eines Tieres." Oder etwa ein Alien-Baby? Ein Pathologe vom Gerichtsmedizinischen Institut in Mexico City zu BILD: „Dieses Wesen hat gelebt. Ich weiß nur nicht, als was ..." Der Bericht ging noch weiter, aber bevor er nun in die Tiefen der Kornkreise und mysteriösen Artefakten versank, brach er ab und suchte weitere Infos zum "Alien-Baby". Wieder bei : http://grenzwissenschaft-aktuell.blogspot.de angelangt, wurde die Geschichte ausführlicher erzählt. Es war also bereits im Mai 2007, als der besagte Bauer in Metepec, 30 Kilometer südwestlich von Mexico City, ein noch lebendes (!) bizarres Wesen in einer Rattenfalle in einer Scheune vorgefunden habe. Auch Farmarbeiter wie Augustin Estebar Martinez erklärten, die Kreatur noch lebend in der Falle gesehen zu haben: "Sein Verhalten war sehr aggressiv". Hierzu wandte er gedanklich ein, dass wohl auch ein "Nicht-Außerirdischer" recht sauer wäre, wenn ihn jemand in einer Rattenfalle gefangen hatte. Es wollte sich aus der Falle befreien und jene Personen angreifen, die ihm zu nahe kamen. Auch das war für ihn eine durchaus nachvollziehbare Reaktion. Es wirkte auf mich, wie eine Mischung aus Ratte und Affe", gab Augustin weiter an. Gegenüber der populär-wissenschaftlichen, grenzwissenschaftlichen Doku-Serie "MonsterQuest" des US-amerikanischen "History Channel" erklärte Martinez (Augustin!) 2009, er glaube, dass es sich um einen Außerirdischen gehandelt habe.

Um die Identität des durchaus bizarr anmutenden Kadavers zu enträtseln, wurde dieser von dem mexikanischen UFO-Journalisten Jaime Maussan, dem die sterblichen Überreste der Kreatur übergeben wurden. dem Team des "History Channel" für eingehende Untersuchungen zur Verfügung gestellt. Erste Vermutungen, gerade von Skeptikern, die in dem Wesen nichts weiter als einen gehäuteten Affen zu erkennen glaubten, wurden von einem Team aus Genetikern, Forensikern und Pathologen innerhalb der Sendung jedoch widersprochen. "Zunächst wirkte es so, als hätte das Wesen keine Haut mehr und die Muskeln würden freiliegen", zitierte die Sendung den Pathologen Dr. Ocativio Morales. Dann entdeckten die Forscher jedoch, dass die Kreatur doch von einer Haut überzogen war: "Die Haut ist sehr rudimentär und ungewöhnlich." Das Wesen wurde also nicht nachträglich behandelt, gehäutet oder präpariert. Der "MonsterQuest"-Beitrag zitierte die Forscher auch mit der Einschätzung, dass der mittlerweile getrocknete Kadaver zahlreiche menschenartige Merkmale aufwies, die ihn von einem kleinen Primaten unterschied. So seien die Füße zu kurz für einen Primaten und anatomisch eher menschenartig, besonders im Vergleich zu den von einigen Kritikern genannten Totenkopfäffchen. Anhand weiterer anatomischer Merkmale glaubten die Wissenschaftler zudem, dass das Wesen in der Lage gewesen sei, auf zwei Beinen aufrecht zu stehen. Form und Größe der markanten Augenhöhlen sollten zudem auf eine gute und komplexe visuelle Wahrnehmung hindeuten.

Clever konnte er nicht gewesen sein, fügte er gedanklich dem Bericht dazu, sonst wäre "der "Eventuell-Alien" wohl nicht in einer Rattenfalle verendet. Eine direkte Gefahr ging also nicht von dem Außerirdischen aus, betrachtete er seine eigenen Erkenntnisse weiter, die eine bekannte Version war maximal eine Mikrobe, die andere verendete in einer Rattenfalle. Die Idee mit den Marsianern schminkte er sich sogleich ab und las den Bericht weiter: Von den Merkmalen des Kadavers fasziniert, wurde das Wesen auch mittels Magnetresonanztomographie (MRT) untersucht, um so auch ein 3D-Modell des Körpers generieren und dessen Anatomie noch genauer untersuchen zu können. Anhand der MRT-Aufnahmen der Kreatur von Metepec erläutert der Radiologe Dr. Jesus Higuera Galleja vom mexikanischen Ernährungsinstitut (Instituto Nacional de Ciencias Médicas y Nutrición) gegenüber "MonsterQuest", dass das Kleinhirn (Cerebellum) im Verhältnis zum Menschen deutlich größer ausgefallen war. Das Kleinhirn erfüllte wichtige Aufgaben bei der Steuerung von Motorik, war demnach zuständig für Koordination, Feinabstimmung, unbewusste Planung und das Erlernen von Bewegungsabläufen. Hinzu wird ihm neuerdings auch eine Rolle bei zahlreichen höheren kognitiven Prozessen zugeschrieben.
Auch ein abschließender DNA-Test im Auftrag des Senders, erbrachte zwar keinen Aufschluss über die Identität des Wesens, jedoch eine nicht minder kuriose Einsicht der Genetiker: "Wir haben Proben von Schwanz, Haut und Haaren

untersucht, jedoch kein genetisch identifizierbares Material finden können. Das überrascht uns sehr und wir wissen nicht, wie die Sache nun weiter geht", wird die Genetikerin Dr. Elena Abarca zitiert.

Zusammenfassend konnte also gesagt werden, dass sich das Wesen bzw. der Kadaver von Metepec angeblich deutlich von einem Affen unterschied und selbst von den Wissenschaftlern keiner bekannten Tierspezies auch nur annähernd zugeordnet werden konnte. Ein Hinweis auf seine Herkunft war das allerdings nicht. Spekulationen darüber, dass es sich im Umkehrschluss nun also um ein außerirdisches Wesen handeln müsse, waren also ebenso spekulativ, wie jede anderen exotischen Erklärungsversuche. Ebenso könnte man anhand der Ergebnisse behaupten, dass es sich um einen Kobold handeln müsse. Ebenso rätselhaft erschienen jedoch auch die Identitäten der im TV-Beitrag zu Wort kommenden Wissenschaftler, von denen keiner etwa durch eine Online-Suche eindeutig ausfindig zu machen war und mit Ausnahme des zitierten "National Institute of Nutrition, Mexiko" wurden auch keine Institutionen genannt, bei welchen diese Wissenschaftler arbeiteten. Entsprechende Schwierigkeiten müssen jedoch nicht zwangsläufig die Glaubwürdigkeit der gezeigten Personen in Frage stellen, diese könnten auf mangelnden Online-Informationen über die Forscher, teilweise falsche Schreibweisen der spanischen Namen oder sonstige Sprachbarriere-Probleme erklärt werden. Dennoch wäre an dieser Stelle größere Transparenz von Seiten des

Senders wünschenswert.
Mittlerweile hatte nicht zuletzt eine große deutsche Boulevardzeitung die Story aufgegriffen (wodurch zahlreiche Meldungen im Privatfernsehen und Tageszeitungen folgten) und eine weitere Meldung nachgelegt, in denen der mysteriöse Feuertod des Landwirts, in dessen Rattenfalle die Kreatur von Metepec gefangen wurde und verendete, mit deren angeblich außerirdischer Herkunft in Verbindung gebracht und gefragt wird, ob die außerirdischen Eltern mit dieser Tat den Tod ihres "Alien-Babys" rächen wollten...
Bislang sind uns keinerlei konkrete wissenschaftliche Studien bekannt, die sich unabhängig von den Untersuchungen durch "MonsterQuest" mit der Analyse der Metepec-Kreatur befassen. Medienberichten zufolge, soll sich der Körper derzeit in Spanien befinden, wo er von dem bekannten Genetiker und Kriminologen Dr. Jose Antonio Lorente an der Universität von Granada untersucht werde. Auch Lorente sei zu dem Schluss gekommen, dass es sich um keine bekannte Spezies handelt. Ein Merkmal des Kadavers seien die wurzellosen Zähne, die einen Primaten als Erklärung ausschließen würden. Wurzellose Zähne findet man bei Fischen, Lurchen und Reptilien aber auch bei einigen Säugetieren wie Hasen und Kaninchen. Eine DNA-Analyse der spanischen Wissenschaftler steht noch aus. Sobald diese oder andere Ergebnisse vorliegen, werden wir erneut über den Fall berichten. Er suchte also noch ein bisschen weiter im Internet und dachte, in sich

rein grinsend, "wieder typisch Bild-Zeitung" als er eine weitere Schlagzeile der Zeitung mit dem guten Sportteil fand, die wie folgt lautete: "BamS-Reporter traf das Wesen von Metepec". Im weiteren Bericht von Michael Remke unter der Mitarbeit von Bärbel Martens und Stephan Seiler war zu lesen, dass der Farmer (mexikanischer Bauer!) das Wesen in Salzwasser ertränkte. Warum in Salzwasser war seine erste Frage? Hatte der Bauer/Farmer gerade kein normales Wasser zur Hand oder dieses bereits erfolglos versucht? In jedem Fall schnupperte der Reporter an dem Alien und erkannte: "Es ist federleicht und fest". Wie ein Stück Treibgut aus dem Meer fühlt es sich an, das auf den ersten Blick stabil wirkt und im nächsten Moment zerbrechen könnte. Er roch nichts! Übrigens: Für wissenschaftliche Untersuchungen wurden das rechte Ärmchen, Finger und Teile des Schwanzes abgetrennt. Das amputierte Ding war jetzt nicht mehr größer als die Spanne zwischen Daumen und Zeigefinger, wusste der Reporter zu berichten. Insgesamt fünf Laboratorien, drei in Mexiko, eines in Kanada und eines in Spanien, haben den angeblichen Alien inzwischen untersucht, hieß es weiter. Das Ding war also nicht wichtig genug für Area 51, dachte er und konnte sich abschließend nicht darüber einig werden, was er davon halten sollte. Es gab sicher eine einfache Erklärung, mit den man aber nicht viel Geld verdienen konnte, war sein letzter Gedanken dazu.

****

Es hatte tatsächlich also ein bisschen geschneit, aber die Straßen waren frei und sein Gehweg natürlich auch! Die Sonne lieferte sich einen fortwährenden Kampf mit den Wolken. Immer wieder floss ein Rinnsal Wasser vom Dach seines Autos über seine Windschutzscheibe. Auch die vor ihm fahrenden Autos und der Gegenverkehr benetzten diese stetig. Wo die Sonne durchbrach, sah es ganz freundlich aus. Kaum war ein bisschen Schnee da, vermittelte die Sonne schon wieder so etwas wie Aufbruchsstimmung nach dem Motto: "Auf in den Frühling".
Durch die Lichtstrahlen der Sonne schienen manche Bäume und Sträucher silbrig zu glänzen. Noch mussten die Bäume keine schwere Last tragen. Eine riesengroße graue Wolke schob sich unter die anderen Wolken und zugleich unter den blauen Himmel. Nur noch links und rechts war der strahlende Anblick zu genießen. Vor ihm lag mal wieder grau. Es herrschten draußen exakte 0 Grad. Er fuhr nun durch eine Waldschneise, in der links und rechts abgesägtes Gehölz in rauen Mengen am Straßenrand lag und nun scheinbar geduldig auf seine Abholung wartete, um der weiteren Bestimmung zugeführt zu werden. Nun setzte wieder Schneefall ein. Vielleicht war es doch eher Graupel? Und so tauchte sich nun auch der Rest seiner Umgebung in ein dunkles Grau. Spätestens jetzt schoss ihm wieder: "Drecks Winter!" durch den Kopf. Langsam bewegte er sich scheinbar unter das Ende der Graupelschauerwolke zu. Links über ihm war zumindest schon wieder etwas blauer Himmel zu sehen. Es schien so als würden sich zwei Dächer

über ihm überlappen, das eine blau das andere grau. Er begann seiner anscheinenden Lieblingstätigkeit erneut nachzugehen: grün, schwarz, silber, weiß, blau, blau. Mehr tat sich erst einmal nicht, der Gegenverkehr schien schon im Wochenendurlaub angekommen zu sein. Jetzt kam noch ein silbernes, dann war wiederum Schluss. Es ging bei seiner Fahrt wohl abwärts, denn nur 15 Kilometer nach dem starken "Graupelschauerangriff" präsentierte sich hier die Landschaft in grün. Hier war kein Flöckchen Schnee zu Boden gegangen, in jedem Fall aber keines liegen geblieben. Nicht dass der Himmel hier wesentlich besser aussah, aber hier war definitiv kein Schnee gefallen. Vor ihm fuhr ein "Ich werde schon sicher irgendwann einmal ankommen-Fahrer", der ihn langsam nervte aufgrund seiner unbeschreiblichen Geschwindigkeit. "40 von Deinen 60 PS sind wohl Bluff" raunzte er unerhört, seinen Vordermann an. Als er anschließend an einer Ampel anhalten musste kamen große Platten "Eisschnee" von seinem Autodach über die Windschutzscheibe gerutscht und stoppten auf den Scheibenwischern. Seine Sicht war für kurze Zeit vollkommen verdeckt. Da er aber an einer roten Ampel stand war dies kein Problem. Die Scheibenwischer taten ihren Dienst. Der Gegenverkehr fand nun auch wieder statt und so nahm er seine Zählung wieder auf: schwarz, blau, blau, blau, grau, silber, blau, silber, silber, rot, rot, rot, silber, blau, schwarz, silber, silber, schwarz, blau, grau, silber, silber, schwarz, blau, grau, silber, schwarz, silber, silber, weiß, blau, silber, schwarz, blau, schwarz, weiß, schwarz, schwarz, silber, schwarz, blau, blau, grau.

"Gedankliche Aufzeichnung 9"

Grau-Silber: IIIIIIIIIIIIIIIII
Blau: IIIIIIIIIII
Weiß: III
Grün: I
Gelb:
Rot: IIII
Schwarz: IIIIIIIII
Braun: -

****

Er wusste selbst nicht mehr genau wie er auf sportforen.de kam. Nach irgendwas hatte er gesucht und stieß in dem Forum auf das folgende Thema:
Kampfsportler gegen Tiere.
"Hätte ein Kämpfer eine Chance gegen einen Löwen oder einen Tiger", frage da der registrierte Nutzer "Devil"? Zum Schluss seiner Frage kam dieser zu folgender Erkenntnis: "Gegen eine Schlange stell ich es mir sehr schwer vor , weil man die ja auch kaum treffen kann".
Er glaubte zuerst nicht was er da las, doch war sich fast sicher, dass die "Sportler" dieses Thema ernsthaft behandelten und las kopfschüttelnd weiter. Ein weiterer registrierter Nutzer namens "Drago" schrieb dazu: "Lustige Idee: Foreman legte sich mal mit nem Löwen an, das extremste Beispiel kenn ich von Korikushinkai Karate

Gründer Mas Oyama (1923-1994), der ringte mit Stieren bzw. schlug ihnen die Hörner ab". "Tony Jaa" (Former two-time BFPL-Champion stand bei seinem Name und er wusste überhaupt nicht warum das da stand und was ein BFPL-Champion war) meinte dazu:" Roberto Duran hat mit einem Schlag eine Kuh ausgeknockt.
Ich denke, dass die meisten Boxer einen Löwen besiegen würden. Löwen bewegten sich zwar schnell aber haben keinen harten Schlag (aufgrund ihres Körperbaus können sie da kaum was hineinlegen) und können kaum richtige Kombinationen schlagen. Außerdem könnte es sehr schwer werden mit ihnen einen guten Gameplan auszuarbeiten. da sie nicht gerade sehr diszipliniert sind und auch nicht gerade helle! Gegen Tiger sieht das anders aus. Der war ganz gut im LHW!"
Meinten die das wirklich alles ernst, fragte er sich erneut und was war jetzt schon wieder LHW?
Er fand das ganze sowas von blöd was da so geschrieben wurde, dankte aber den "Sportlern" für diesen Comedy-Abend dann schon mal gedanklich im Voraus.
"Real Deal" schrieb: Ich habe mal auf CNN gesehen wie ein Profi Ringer gegen einen Braunbären gerungen hat (war in Nordamerika also war wohl alles Artgerecht nicht so ein gequältes Tanztier aus Russland). Jedenfalls konnte der Ringer durch seine Tricks und Griffe sich gut gegen den Bären verteidigen und seine Physische Unterlegenheit wettmachen bis er allerdings Konditionell am Ende war. War allerdings nur Ringen, kein Kampf um Leben

oder Tod. Francois", ein Gast und kein registriertes Mitglied, fügte dazu an: "Abgesehen davon ist in Asien auch mal dokumentiert ein Karateka zu einem Orang Utan in dem Käfig gestiegen und hat begonnen auf ihn einzuprügeln. Sie haben ihn immerhin noch lebend rausbekommen, aber war wohl eine ziemliche Sauerei. Er glaubte, dass "Francois" den Karateka meinte, der sich als Sauerei hinterließ! "Real Deal" lebte nun seine spaßige Ader in dem Forum aus: " Mal ein Tipp (Real Deal gab nur einen "Tip" ab) wenn euch eine Würgeschlange versucht zu erwürgen, schüttet ihr eine Spirituose ins Maul. Hab mal eine Sendung gesehen wo einen Mann seine Schlange angegriffen hat und ihn Einwickelte ("Tu-Wörter" schreibt man doch eigentlich klein, dachte er). Daraufhin hat er es noch geschafft vom Terrarium zum Alkoholschrank zu laufen (Mit der Schlange um den Hals/Oberkörper) und ihr Whysky (wie schrieb man doch gleich Whiskey richtig?)
 zu geben. Ist ein Altbewährer (Der-Die-Das Wörter werden Gross geschrieben wie z.B. der Altbewährer, die Altbewährer, das Altbewährer, bemerkte er lachend) Trick. Was war eigentlich ein Altbewährer????
Abschließend zu der durchaus interessanten Aussage wusste "Real Deal" noch folgendes: "Also geht nie ohne eine Flasche Korn in den Dschungel."
"Francois", den Gast, fand er am besten. Die Kommentare zeugten durchaus von "Hirn" und "Humor", was man in dem Forum durchaus brauchte, zumindest letzteres!!!

Er meinte zur Schlange:" Der Tipp mit dem Fusel ist genial. Ich stelle es mir nur irgendwie unmöglich vor da noch was ins Maul zu schütten. Wird wohl ein kleineres Exemplar gewesen sein. Vielleicht gibt es ja auch geheime Akkupunkturpunkte an so einer Riesenboa die man drücken muss und zack ist sie tot. Wie beim Wing Chun!" "Wing Tsun" korrigierte er sofort, erfuhr aber etwas später, dass mehrere Schreibweisen bezüglich Wing Tzun gebräuchlich waren. Von "Deslizer" hatte er noch keinen Kommentar gelesen, das kam erst jetzt: "Wie dem auch sei Känguruhs schlagen definitiv die schnellsten Kombinationen und haben nen ernormen Hanspeed!" Jetzt musste er erst einmal googeln um heraus zu finden was ein Hanspeed war. Hanspeed war eine Firma die für Fahrräder Leichtbauteile anbot, oder so. Das passte wohl nicht, stellte er fest und googelte weiter: Es gab noch Wu-han Speed (Meet thousands of local singles in the Wu-han, China dating area today. Find your true love a....), das war es wohl auch nicht. Long Han Speed (Inc. San Jose....) schien es auch nicht zu sein. Jetzt erst fiel ihm auf, das das eine geschickte Täuschung von "Deslizer" war, denn es gab überhaupt kein "Hanspeed" in diesem Zusammenhang und auch kein "ernormen", wie da zu lesen war. Er meinte einfach den enormen Handspeed!!!! Weiter wusste er:

"Allerdings halten sie ihr Kinn etwas hoch und haben nicht die beste Beinarbeit im Ring, während sie mit "Doppeldeckung" und "Meidbewegungen" nichts zu tun haben wollen.

Außerdem boxen sie recht eindimensional, fast nur gerade Schläge und unkontrollierter Auslagenwechsel.
Aber aufgrund ihres Herzens, ihres Speeds und ihrer Schlagkraft sind Känguruhs schwer zu bezwingene Gegner (umfallen tun se auch nicht leicht ... die stützen sich ja auch noch auf ihrem Schwanz auf)". Er wollte nicht mehr auf die Rechtschreibung achten und auch manche "Erkenntnis wie:"... die stützen sich ja auch noch auf ihrem Schwanz auf", nicht näher auf ihren Wahrheitsgehalt und Logik hin überprüfen.
Es machte ihm einfach saumäßig Spaß die "Gedankenergüsse" zu diesem Thema weiter zu lesen.
"Kuschelweich" mischte mit: "Ich habe schon mal ein Zwergkaninchen niedergerungen. War ein titanengleicher Kampf und hat mehrere Stunden gedauert. Trainiere momentan auf ein Wildkaninchen hin", in einer der wichtigsten Fragen die die Menschheit betraf.
D. Crosby (gesperrt auf eigenen Wunsch) merkte an:" Geiler Thread, Devil!"
Warum nur empfand er eine gewisse Hochachtung gegenüber dem ihm fremden D. Crosby?
Irgendwie kam man dann auf den Kampf "Hund gegen Mensch".
"Thumbs-up" meinte dazu:" du kannst mit einem Hund jeder Größe rumbalgen, kein Problem. aber wenn ein Hund mit einer gewissen Größe und Kraft Ernst macht, ziehst du gottserbärmlich den Kürzeren. und dazu brauchts noch nicht mal einen Mastino, da reicht ein Golden Retriever.

Da musste er ihm wohl recht geben, das glaubte er auch, übersah dabei auch weiterhin die Rechtschreibung und den Satzbau der "Teilnehmer".
"Real-Deal" wusste es aber besser:" Das ist nicht wahr, es gibt durchaus Tricks sich gegen Hunde zu wehren. Einmal kam ein Bericht wo ein Pit Bull ein Kind angefallen hat und ein Mann diesen dann gepackt und erwürgt hat".
"Karlfriedrich" meinte dazu:" da musst du das tier aber zuerstmal zu fassen bekommen.... vorher hat er dir schon die hand abgebissen.
das sollte sicher nicht erwürgt sondern erschossen heissen.
"Real-Deal" meinte dazu: "Ich meine klar, wenn mir so ein Golden Retriever in den Arm beisst ist das Gefährlich aber dann würde ich ihm mit dem anderen Arm mit voller Kraft in ein Auge stechen. Solche Situationen kann man üben".
"Francois" war wieder an der Reihe:" Jaja sicher. Schonmal die Halsmuskulatur eines Pitbulls befühlt. Vielleicht geht das sogar wenn der Hund eben gerade mit jemand anders beschäftigt ist, möchte ich gar nciht abstreiten, aber bei einem Hund vs. Mensch. Nein. Ich hab auch schon von WT Lehrern als Tipp gelesen man solle dem Hund bei einem Angriff das Genick brechen :idiot: . Bloß gut das die Jungs diesen Tipp nie in der Praxis anwandten".
Wie schon erwähnt ignorierte er alle Rechtschreibfehler, er war ja nicht zum Korrigieren angetreten sondern nur zum lesen.
3 Minuten später war "Real-Deal" wieder an der Reihe:" Ich kenne mich mit der Physis von

Hunden nicht so aus, aber haben diese etwa keine Halsschlagader die man eindrücken könnte?
Jetzt mal ehrlich: Ein Hund ist zwar p4p stärker als ein Mann aber er hat doch nur seine Gefährliche Schnauze. Die Pfoten können einem nicht ernsthaft gefährlich werden.
Nun musste er erst einmal nach p4p googeln! Wikipedia wusste nicht viel darüber, zum einen war Players 4 Players Tischfussballvereinigung e.V. aufgelistet und Provider Portal for Applications. Das war es wohl nicht. Immerhin fand er noch " 8 min Bauchmuskeltraining-Niveau 3 (P4P Music) - YouTube. Das war bestimmt was mit Bauchmuskeln, hakte er die Frage ab, verstand aber nicht was die Bauchmuskeln einen Hundes mit seinem Erwürgen zu tun haben könnten. "jkd" mischte sich dazu: " also natürlich kann ein pitbull einen menschen töten.
ein starker mensch der kämpfen kann, kann aber jederzeit mit einem pitbull fertig werden. ich kenne so einen ******* typen von zuhälter der diese hunde gezüchtet hat. er hat sie für kämpfe abgerichtet. hin und wieder hat er einen von den hunden tot geschlagen, weil sie ihn angegriffen haben. ohne knüppel oder waffen. und es gibt viele fälle wo ein mensch nen kampfhund platt macht. das ist ja nun auch nicht so unwahrscheinlich da der mensch ja nun ausser in seinem kiefer einiges mehr kraft hat.
das mit dem pitbull der erwürgt wurde hatte ich auch gesehen, ich glaube das war bei stern tv. der hund trug ein halsband und an diesem drügte (er meinte wohl drückte....!) derjenige oder diejenige

den hund auf den boden und drehte dabei das halsband um, so dass der hund erstickte". Er verstand zuerst das Groß -und Kleinschreibung im world wide web nur noch eine untergeordnete Rolle spielte. Dann kam wieder "Francois" (den hatte er mittlerweile richtig gern für seine "coole Ansätze und Argumente):"Sag bloß du hast noch keinen Pitbull oder Rottweiler erwürgt?
Grad heut morgen war ich wieder Brötchenholen, macht mich doch son Mastif dumm von der Seite an und Ruckzuck hab ich ihn ohmächtig gewürgt. So gehts ja auch nicht. Erst WT Kettenfauststoß und dann der choke.
Nun bekam "Francois" doch noch unerwartet Konkurrenz. "Chandler" meldete sich: "Ich hab mal gehört dass ein deutscher boxer (welcher des öfteren in konflikt mit dem gesetz kam und mal umstritten gg DM verloren) mehrere monate mit Filzläusen zu kämpfen hatte. ich finde die haben sich lange gewehrt für ihre grösse, waren aber natürlich in der überzahl, das darf man auch nicht vergessen!
"Thumps-up" war ja auch noch im Rennen, zum gern haben, und toppte sich immer weiter:" hier steht teilweise ein dermaßen hanebüchener Schwachsinn über Hunde, dass es mir in der Seele wehtut. jedem, der hier meint, mit Augenpieksen oder ähnlichem Kokolores "jederzeit mit einem Hund fertig zu werden", dem sage ich mit dem alten Nazareth Song: "Dream on". oder: versuchs doch mal. ich kenn da so ein paar Hunde, mit denen man anfangen könnte...
Ein paar Meinungen weiter unten kam er dann, der totale Experte, sah den Nonsens, der

geschrieben war und siegte mit einer nie davor dagewesenen Intelligenz, der "Big Boxing Bu" verkündete: nun, berichte über kämpfe zwischen mensch und tier gibt es viele.
sicher hat ein mensch keine chance gegen einen löwe oder einen bär, sehr wohl aber gegen einen hund. ein normaler hund ist für keinen trainierten und halbwegs fitten mann ein problem, da dieser beim ersten trit, ja sogar wennman nur auf ihn zu rennt, reißaus nehmen wird. bei einem kampfhund, welcher sehr kurzes fell hat, trainiert und vielleicht sogar noch kastriert ist, sieht es da schon etwas anders aus. denn sollte ein kräftiger und trainierter mann einen solchen besiegen. es gibt ja auch unzählige tatsachenberichte darüber. wie gesagt, ein kind, ne oma oder der schlaffi-normalbürger hat natürlich keine chance, aber darum geht es ja auch nicht. ein hund ist ein sehr limitiertes und dummes tier, etwa im vergleich zu einer großkatze, die viel wendiger ist, starke unterarme mit krallen besitzt und auch so viel versierter ist. hunde können nur beißen und dazu müssen sie mit dem kopf voran auf den gegner zu, was alles andere als günstig ist. ebenso ist ein hund etwa einem trainierten 90kg, ja selbst 75 kg-mann massen- und kräftemäßig unterlegen. davon abgesehen, daß er dumm wie stulle ist.
im normalfall rennt der hund auf das vermeintliche opfer zu und erwartet das dieses wegrennt, ihm also den rücken zukehrt, so daß er es dann umspringen kann und günstig beißen kann.
was aber wenn der +90kg mann auf den hund zurennt und bspw mit einem kicksprung gegen

ihn springt? eventuell ist der hund etwas schneller, aber dafür hat der mensch deutlich mehr masse. bei einem frontalaufprall wäre der hund mit sicherheit tot, erst recht, wenn der gegner ein 130kg foodballspieler ist. aber auch ein gezielt am besten leicht schräg versetzter kick zum schädel des tieres sollte das aus bedeuten.
de hund hat nur einen vorteil, wenn mann zu passiv ist und es ihm gelingt an den hlas zu springen und bspw. die kehle zu erwischen.
in allen anderen fällen hat er keine chance, was nicht heißt, daß er nichts ausrichten könnte. die chance ohne verletzung aus einem solchen kampf heraus zu kommen ist sicher sehr gering.. wenn man glück hat, dann verbeißt er sich nur in die sachen und man kann ihn ohne weiteres unschädlich machen, indem man sich mit voller masse auf ihn stürzt, mit schlägen auf die nase oder den kopf tötet. oder man sticht ihm erstmal die augen aus, reißt ihm die eier ab(wenn vorhanden) etc. ein richtig starker mann, wie etwa bill goldberg, kann einem solchen hund auch ohne weiteres das genick brehcen, ihn erwürgen oder die beinchen brechen.
sollte der hund es schaffen sich an arm oder bein zu verbeißen, dann gibt es natürlich üble verletzungen, aber man kann dann immer noch bereits geschildertes tun.
wie gesagt, gegen einen guten kampfsportler oder kräftigen mann, der weiß was er machen muß, hat auch ein kampfhund in der regel keine chance.
Wow, das war mal ein Forum. Er musste abbrechen, denn er hatte Angst neben seiner Rechtschreibung, die komplette Grammatik und

noch seinen Verstand zu verlieren oder sogar an "LMET" (Lachmuskelerschlaffungstot) sterben zu müssen.

****

Interessant war auch die Schlagzeile " Kakerlake kriecht Mann ins Ohr und stirbt" vom 10.01.2014. Das hatte er auf "welt.de" entdeckt. Ein Insekt hat einem Australier eine ungewöhnliche Qual bereitet: Zwei Zentimeter maß die Kakerlake, die australische Ärzte Hendrik Helmer aus dem Gehörgang entfernten. Eine Ärztin träufelte Hendrik Helmer Olivenöl ins Ohr und zog das Insekt dann mit einer Pinzette heraus, wie er dem Rundfunksender ABC am Freitag berichtete. Das Royal Darwin Hospital bestätigte die Geschichte. Helmer war nachts mit heftigen Ohrenschmerzen aufgewacht und argwöhnte, dass ein Insekt Schuld sein könnte. Er spritzte sich Wasser ins Ohr, er setzte einen Staubsauger an - ohne Erfolg. "Ich dachte nur: hoffentlich ist es keine giftige Spinne", erzählte er.
Das Insekt sei nach der Olivenölbehandlung zuerst weitergekrochen. "Nach etwa zehn Minuten hat es aufgehört, zu graben", sagte Helmer. Die Ärztin bekam das Tier zu fassen. Sie habe noch nie ein so großes Tier aus einem menschlichen Ohr gezogen, habe sie ihm gesagt. Kakerlaken, auch Küchenschaben genannt, sind Schädlinge, die vor allem in warmen Ländern weit verbreitet sind. Sie dringen dort oft in Küchen und Keller ein und ernähren sich von Essensresten. Die deutsche Küchenschabe wird

bis zu eineinhalb Zentimeter lang. In den Tropen können Kakerlaken aber deutlich größer werden.

Helmer gab sich trotz Erfahrung wie in einem Horrorfilm entspannt. Freunde hätten nach der Geschichte entsetzt beschlossen, nur noch mit Kopfhörern zu schlafen, berichtete Helmer. Er nicht. Er werde zu Hause auch nicht auf Kakerlakenjagd gehen. Nachdem er den Bericht gelesen hatte, attestierte er "der Welt", zumindest was sie Schlagzeile anginge, ein Patt mit "der Bild". Er vermutete, dass der Mann an der Kakerlake gestorben war, so suggestierte es ja auch die Schlagzeile, jetzt musste er vermuten, dass lediglich die Kakerlake bei dieser Aktion ums Leben gekommen war. Dass Kakerlaken ganz schön gefährlich für die Menschheit, wenn auch fast ausschließlich nur für die "dümmliche Abteilung" derer waren, wusste die "Süddeutsche Zeitung". Ihrem Bericht zufolge starb ein Mann nach einem Kakerlaken-Wettessen. Um den Hauptpreis, einen Python, zu gewinnen, verschlang ein Mann in Florida Dutzende Kakerlaken. Kurz nach dem Insekten-Wettessen fing er an zu würgen und brach zusammen. "Es war ziemlich faszinierend, es sah so aus, als habe er weder Frühstück noch Mittag- oder Abendessen gehabt" berichtete ein Augenzeuge dem örtlichen Sender von NBC. Gemeinsam mit 200 bis 300 anderen Schaulustigen hatte er das Spektakel verfolgt. "Ich glaube nicht, dass er die Insekten noch kaute, er hat sie mehr oder weniger einfach runtergeschluckt." Kurz nach dem Wettbewerb, an dem mehrere Personen teilgenommen hatten und aus dem der Mann wohl als Gewinner hervorgegangen wäre, begann er zu würgen und brach vor dem Geschäft in Deerfield Beach zusammen. Er wurde in ein Krankenhaus gebracht, doch die Hilfe kam zu spät. Die Ärzte erklärten ihn für tot. Woran der Mann starb, ist unklar. Keiner der anderen Teilnehmer klagte nach dem Wettbewerb über Schmerzen. "Der Genuss von Insekten ist in vielen Teilen der Welt weit verbreitet", teilte der Anwalt des Veranstalters in einem Statement mit. Die Insekten, die den Wettbewerbsteilnehmern serviert wurden, waren demzufolge Reptilienfutter aus "sicherer und heimischer Zucht". Auf "rp-online" erfuhr er, das die Chinesen aus Schaben Medikamente herstellten. Präparate von Schaben wurden als traditionelles Heilmittel in China verwendet. Aus Kakerlaken wurde beispielsweise ein Extrakt gewonnen, das unter dem Namen "Kangfuxin" vertrieben wurde. Bis zu dreimal täglich sollten Patienten das Mittel trinken oder auf die Haut auftragen. Hierdurch sollte die Immunabwehr gestärkt, Entzündungen gehemmt werden und sogar gegen chronische Magenbeschwerden sollte es helfen. Ein Kakerlaken-Pulver soll angeblich auch gegen Brustkrebs helfen und würde in der Schönheitsindustrie gegen Falten benutzt. Seit der staatlichen Freigabe der Behörden für die und weitere Produkte boomte das Geschäft. Die Nachfrage nach Kakerlaken schießt zurzeit in ungeahnte Höhen, wie chinesische Medien schreiben. Demnach produzieren Züchter in China bisher jährlich 1000 Tonnen Kakerlaken.

Aber ihr Angebot befriedigt bei weitem nicht die Nachfrage. Die Industrie rund um die Traditionelle Chinesische Medizin (TCM) verlange schon jetzt laut Schätzungen etwa 3.000 Tonnen im Jahr. "Für ein Pfund bekomme ich 55 Yuan", sagt Zhang ein Kakerlaken-Züchter, was umgerechnet etwa 6,60 Euro sind. Freunde von ihm wollten auch in das Geschäft einsteigen, sagt er. Es lockt das große Geld. Besonders steril gezüchtete Schaben für die Pharmaindustrie könnten demnach bis zu 1200 Yuan (rund 140 Euro) pro Pfund einbringen. Einen großen Haken haben die Schaben-Farmen in China jedoch: Immer wieder entkamen Insekten. Zuletzt konnten eine Million Kakerlaken aus einer Zuchtstätte im ostchinesischen Jiangsu flüchten. Seit Wochen versuchen die Nachbarn über das Ungeziefer endlich Herr zu werden - schwierig, denn die Insekten sind sehr widerstandsfähig. ARD.de berichtete weiteres Interessantes about den Kakerlaken. Einen Versuch aus dem Reich der Psychologie führte der Wissenschaftler Robet Zajonc in den 1960er Jahren durch. Der US-Forscher führte Sprintwettbewerbe mit Kakerlaken durch. Seine Schaben mussten durch eine durchsichtige Plastikröhre flitzen, während sie von Artgenossen beobachtet wurden. Zajoncs These: Die Anwesenheit eines Publikums würde sich positiv auf die sportlichen Leistungen der Krabbeltiere auswirken. Und tatsächlich: Unter dem Blick von Artgenossen rannten die Kakerlaken beträchtlich schneller.
Doch Zajoncs Thesen gingen noch weiter: Er glaubte, dass die positive Wirkung nur für

einfache Aufgaben gelten würde, bei komplexeren Aufgaben würde ein Publikum die Schaben eher langsamer werden lassen. Und tatsächlich brauchten die Kakerlaken etwa für die Überwindung eines Labyrinths länger, wenn sie dabei beobachtet wurden. Zajoncs Versuche wurden später abgewandelt mit Menschen wiederholt - das Ergebnis war das gleiche. Unter Spiegel.de erfuhr er, dass es die fluoreszierende Kakerlake vom Tungurahua-Vulkan in Ecuador schaffte, 70 Jahre nach ihrem Fund auf die Artenliste zu kommen. Die Arizona State University in Tempe hatte ein paar der spannendsten Neuentdeckungen des vergangenen Jahres auf einer Liste zusammengestellt. Sie heißt "Top 10 New Species" - und viele der dort genannten Tiere und Pflanzen wurden in Wahrheit schon deutlich früher entdeckt, aber erst 2012 als neue Art beschrieben, so auch die Kakerlake von Tungurahua!!! Inzwischen könnte das leuchtende Insekt womöglich schon ausgestorben sein.

****

Frage von "somequestions" vom 07.12.2011 auf "gutefrage.net: Kann man Mandarinenschalen ra..uch..en oder ist das giftig? Eigentlich wollte er nur in Erfahrung bringen, ob es giftige Kakalaken gab und bat "gutefrage.net" um Rat, fand aber dann diese ominöse, total "bekiffte" Frage unter der Rubrik :"Verwandte Fragen". Welche verwandtschaftliche Beziehung bestand zwischen einer Kakalake und einer Person die

Mandarinenschalen rauchte bzw. das vor hatte? Es kam ihm Robert Zajonc, der von Seite 175-176 in den Sinn, dort wurde abschließend berichtet:" Versuche wurden später abgewandelt mit Menschen wiederholt - das Ergebnis war das gleiche". OK, soweit so gut, er glaubte aber nicht, das jemals eine Kakalake Mandarinen rauchen würde. Insgeheim freute er sich jedoch schon auf die Antworten der Community Teilnehmer, denn das Thema versprach ähnlich gut zu werden wie der Kampf zwischen Mensch und Tier auf "sportforen.net".

"Siebenschlaf" eröffnete schläfrig:" Probier es aus, dann weißt du es".

"KingLui36" wusste dazu:" Ich kann mir nicht vorstellen, wie du Mandarinenschalen rauchen möchtest und warum? Du kannst sie abhobeln und vielleicht in eine Shisha tun, aber so einen Quatsch habe ich ehrlich gesagt noch nicht gehört".

Matevos zeigt ebenfalls den imaginären Vogel mit den Worten: Mandarinenschalen rauchen... Sonst gehts dir gut....!"

"jladwig" stieß in die selbe Presche:" Klar, am Besten welche die ordentlich gespritzt sind... So ein Quatsch!"

"Saxsells" erheiterte ihn mit den Worten:" Du stellst fragen, rauch doch gleich Knoblauch!!!! Wenn du dann für 3 Stunden auf das Klo musst, weißt du wie gut das zu rauchen ist. Die Schmerzen am Hintern vergisst nie. Das brennt wie Feuer. Ebenso gut kannste fragen: Darf man in Benzin getränktes Leinen rauchen? Warum beschlich ihn der Verdacht, dass "Saxsells" schon

mal Knoblauch geraucht hatte, lag es an der detaillierten Beschreibung?
Ebenfalls sehr überzeugend und hilfreich für "somequestions" war die "NikolaiderRusse" Antwort, die wie folgt lautete: "Ja kann man hab ich auch schon mal gemacht, du musst nur vorher die Schalen in Alufolie einwickeln in die Milrowell bei 500Watt so zwei Minuten. Danach zerbröseln und dann damit den Filter benutzen. Ist nur ein etwas starker Geschmack nichts für Weicheier. Empfehle dazu nur eine HAuch apfel!"
Zuerst attestierte er den Mitgliedern ein ordentliches "Rechtschreibeverhalten", abgesehen von einer Mikrowell und dem "HAuch apfel", als "Sportforen.net-Geschädigter" empfand er die Leistung hier als eine glatte zwei!!!Er wollte tatsächlich mal "googeln" ob man Mandarinen rauchen konnte, fand aber wieder so eine "verwandte Frage", die ebenfalls recht spaßig werden konnte und gleichermaßen "saublöd" war.....seiner Meinung nach. "Ist es schädlich für den körper, wenn man Spinnennetze isst?, fragte "d3nn1s90".
Warum hatte er plötzlich das Gefühl in das Auto sitzen zu wollen und einfach nur davon zu fahren?
"Grobi 310" antwortete:" Nö, giftig sind die bestimmt nicht, aber ich sehe die Notwendigkeit dafür nicht. Ess doch lieber deren Macher, dann hast du noch was im Magen"!
"Terrier74" antwortete mit einer "Wissensmacht", die ihn verblüffte:" Nein, es ist nicht schädlich. Allerdings nützt es auch nicht wirklich was.

Zumindest dir als Mensch nicht. Als Nahrung sind Spinnennetze also eher weniger zu empfehlen, aber sie eignen sich sehr gut als antiseptischer Notverband. Kleine Wunden kann man mit einem Pfropfen aus zusammengerollter Spinnenseide wunderbar verschließen. Und sie wirkt entzündungshemmend".
Er konnte es nicht fassen, er hatte hier doch noch was lernen können, wollte es aber bis zu seiner nächsten Wanderung auch wieder vergessen haben und packte vorsichtshalber in seinen kleinen Wanderrucksack gleich eine neue Packung Pflaster ein, danach las er weiter.
"Saxsells" war anscheinend auch immer dabei, ein unverzichtbares Mitglied der Community nahm er an und dieser schrieb zum Thema: "Nein, Spinnennetze sind aus Spinnenseide, die sich nicht sonderlich von der Seidenspinner Seide unterscheidet". "Lilikotabi" war sich wohl über die Ernsthaftigkeit" der Frage wohl nicht im klaren und bemerkte dazu:" Hahahahaha!! Nein, ganz sicher nicht. Und auch wenn sie ungesund sein sollten, wird's dir sicher nicht schaden, solange du keinen Eimer davon isst! xDD Hahahaha, gute Frage body! xD.
Die Antwort von "totermuffin" hatte eine kreative Alternative: "Spinnenseide ist pures Protein. Stells mir aber recht mühsam vor genug zu sammeln, dass es sich lohnt. also: nein, sind nicht ungesund. aber ich weiß nicht ob die so lecker sind. vllt. ne soße dazu machen? :D
Kakalake in Spinnennetzsoße auf Reis, das liest sich bestimmt gut und könnte ein Renner

werden, genug Verrückte für so was gab es ja auf der Welt, glaubte er.
"AirForceBanana" brachte es auf den Punkt:
" nein glaub net auser wen eine giftige spinne darauf ist ;)!"
Apropos giftige Spinnen. Je nach dem wo "d3nn1s90" wohnte, oder den Urlaub verbrachte, könnte der Hinweis von "AirForceBanana" von Bedeutung sein: "auser wen eine giftige spinne darauf ist"! Die Rechtschreibung ignorierend, "sponn" er die Verwebung unglücklicher Umstände die "d3nn1s90" mit dem Spinnennetz der "Aranhas Armadeiras" in Berührung brachte, mitsamt des Eigentümers darauf. In seiner Phantasie sah er "d3nn1s90" auf einem Fahrrad durch Brasilien radeln und Spinnennetze essen. Auf einem der besonders "schmackhaften" haftete die "Armadeira", auch brasilianische Wanderspinne genannt und schwubs war sie mitsamt dem Netz gegessen. Gut, das Tier war hochgiftig, doch verlieh es auch mitunter eine Erektion vom Feinsten, die über mehrere Stunden anhalten konnte.
Falls der Biss der Spinne jedoch unbehandelt blieb, verursachte er Impotenz, sofern man ihn überlebte.
In jedem Fall hatte der Biss eine ähnlich erotisierende Wirkung wie die Einnahme von Viagra. Jetzt wollten Forscher das Spinnengift für ein neues Potenzmittel nutzen, las er unter:"medizinauskunft.de.
Weiter stand da: "Brasilianische und US-amerikanische Forscher haben ein Gift einer südamerikanischen Kammspinne genauer

untersucht, um herauszufinden, ob der Wirkstoff eventuell gegen Impotenz wirkt. Bissopfer haben nämlich berichtet, dass sie nach dem Biss des giftigen Tieres an extremen Erektionen litten. Was so harmlos klang, war bekanntermaßen alles andere als harmlos. Denn der Biss der Kamm- oder Wanderspinne führte in zahlreichen Fällen zum Tode. Das Tier zählt zu den drei giftigsten Spinnenarten der Welt. Als Nebenwirkung des Bisses, der kaum erträgliche und weit ausstrahlende brennende Schmerzen verursacht, haben die Bissopfer von vermehrter Urin- und Spermaabgabe sowie von Priapismus - einer lang anhaltenden schmerzhaften Erektion - berichtet. In einer seit zwei Jahren andauernden Studie des Medical College of Georgia gemeinsam mit dem Laboratory of Pharmacology, Instituto Butantan in Sao Paulo, die Ende Mai publiziert werden soll (welches Ende Mai gemeint war konnte er nicht herausfinden), berichten die Forscher über das Toxin, das für die Erektion verantwortlich ist. Vielleicht musste man die Veranstalter des "Masturbate-a-thon" darüber informieren, denn immerhin bestünde ja die Möglichkeit, dass einer der Teilnehmer zu so unzulässigen Praktiken griff und eine Wanderspinne in seiner Hose trug, die ihn zu solchen Höchstleistungen trieb! Das wäre ja quasi Doping, oder?" Seinen kurzen gedanklichen "Einwurf" beendend las er weiter. Nach Annahmen der Wissenschaftler regt der Stoff Tx2-6 die Produktion des Botenstoffs cGMP (Cyclisches Guanosinmonophosphat) an. Dieser entspannt die Penis-Muskeln, um während der Erektion den Blutzufluss zu erleichtern. Das sei schließlich auch dafür verantwortlich, warum die Erektion derart lang anhält. In weiteren Studien soll nun festgestellt werden, ob man die Substanz möglicherweise auch für die Herstellung eines neuartigen Potenzmittels verwenden kann. Im Tierversuch sei das bereits gelungen, berichten die Forscher. Ein neues Präparat sollte eine Kombination bereits existierender Medikamente wie etwa Viagra, Cialis oder Levtra mit dem Spinnentoxin sein. Die Spinne Phoneutria baut keine Netze, sondern ist ein aktiver Jäger. Da musste er mittels "wikipedia" wiedersprechen, denn da stand über den Netzbau immerhin:" Die Männchen bauen Spermanetze, mit denen sie ihre Begattungskolben füllen. Bei der Paarung reiten sie auf dem bewegungslosen Weibchen und überführen die Spermapakete in dessen Spermatheken. Nach einigen Tagen kann das Männchen weitere Weibchen begatten. Die Weibchen weben einen Eiball, der an einer glatten Unterlage festgeklebt und bewacht wird. Die Jungtiere sammeln sich nach dem Schlüpfen auf dem Rücken des Muttertiers, wo sie täglich ein etagenartiges Gewebe errichten und sich kannibalistisch ernähren. Nach der ersten Häutung werden sie selbständig. Danach erzeugen die Weibchen weitere Eibälle, bis ihr Eiervorrat erschöpft ist. Insgesamt werden drei bis vier Eibälle mit bis zu 2.500 Jungtieren erzeugt. Soviel zum Thema! "Medizinauskunft" beendete seinen Bericht mit folgendem: Die Tiere erreichen eine Körperlänge von fünf Zentimetern bei einer Beinspannweite von bis zu 15

Zentimetern. Die Spinnen sind, anders als etwa Vogelspinnen, kurz behaart und von gelbbrauner bis graubrauner Färbung. Das Unangenehme an den Räubern: Sie wandern nachts auch in menschliche Behausungen und verstecken sich bei Tagesanbruch an dunklen Stellen - wie etwa in Kleidern oder Schuhen. Einige dieser Spinnen gelangen mitunter mit Bananentransporten auch nach Europa. Eine 29 -jährige Mutter aus London hat in einem Supermarkt Fairtrade-Bananen gekauft. Nach dem ersten Biss der Schock: Auf dem Obst lauerte eine Kolonie der hochgiftigen brasilianischen Wanderspinne. Immer mehr hochgiftige Spinnen gelangen durch Obst aus Übersee nach Europa. Der Grund war natürlich die zunehmende Globalisierung. In den vergangenen 150 Jahren wurden einer Studie zufolge mindestens 87 exotische Spinnenarten nach Europa eingeschleppt. Je mehr Handelswege es gibt und je schneller die Routen eine Region mit Europa verbinden, desto mehr fremde Spezies können in den Frachtcontainern überleben - und hierzulande für Panik sorgen. Die britische Zeitung "Daily Mail" berichtete darüber.

Als die Mutter zweier Kinder zu Hause den ersten Bissen davon genommen hatte, fiel ihr an der Schale ein weißer Fleck auf. Zunächst dachte sie, es handelte sich um eine Quetschung, Schimmel oder ähnliches. Doch der Fleck bewegte sich plötzlich, kleine dunkle Punkte sprangen auf ihren Teppich. Auf der Banane befand sich ein Spinnennest. Darin waren Jungtiere der hochgiftigen brasilianischen Wanderspinne, deren Biss einen Menschen innerhalb von zwei Stunden töten konnte. Doch das erfuhr die junge Frau erst viel später. Zunächst brachte die 29 - jährige Mutter, Consi Taylor, die Bananen zurück in den Supermarkt. Als Schadensersatz erhielt sie einen Gutschein über zehn britische Pfund (rund 12 Euro). Vorsorglich machte sie noch ein Foto der Tiere und schickte es zu einem Experten der Schädlingsbekämpfung. Der stellte schnell fest, dass es sich um die gefährliche Gattung Phoneutria nigriventer handelt. Phoneutria kommt übrigens aus dem Griechischen und heißt so viel wie Mörderin. Diese aggressive Bananenspinne ist für die meisten tödlichen Spinnenbisse weltweit verantwortlich. Damit ist die brasilianische Wanderspinne eine der giftigsten Spinnen, die auf der Erde existieren. Sie kann mehrmals nacheinander ihr Opfer attackieren. Zurück nach London. Der konsultierte Kammerjäger warnte Consi Taylor: Es könnten sich weitere Exemplare der Tiere in ihrer Wohnung versteckt haben. Consi hatte zwar gesaugt und antibakterielle Tücher benutzt, um die Spinnen zu beseitigen und den Boden zu reinigen. Aber sicher konnte sie sich nicht sein, damit alle Achtbeiner erwischt zu haben. Also wurde Taylor zusammen mit ihrem Mann und ihren zwei kleinen Kindern kurzerhand für drei Tage in ein Hotel umquartiert. Währenddessen wurde ihre Wohnung komplett ausgeräuchert. Die entstandenen Kosten in Höhe von 2.800 Pfund (rund 3.300 Euro) übernahm der Supermarkt und schickte noch eine Entschuldigung an die Familie hinterher. Darin heißt es, dass alle eingeführten

Produkte strengen Kontrollen unterlägen – von der Ernte bis zum Transport. Ein Zwischenfall, wie Consi Taylor ihn erleben musste, ereigne sich daher äußerst selten. Consi Taylor hofft derweil, nicht aus Versehen eine der Spinnen verschluckt zu haben. Bananen möge sie zwar weiterhin sehr, sagte sie. Aber den Einkauf von frischem Obst müsse von nun an ihr Mann tätigen. Dieser Bericht erschien auf welt.de, die darunter berichtete, dsas eine Schule im Westen Englands wegen einer Giftspinnen-Plage geschlossen wurde. Der Biss der Falschen Witwe verursachte Schwellungen und Fieber und ist vergleichbar mit dem einer Biene. Gebissen wurde bislang wohl niemand. In jedem Fall waren die "Falschen Witwen" schon lange in Großbritannien beheimatet, hatten sich aber nun sehr stark vermehrt. Im Oktober 2013 hatte laut "swp.de" eine Schädlingsbekämpfungsfirma im Lidl in Kornwestheim eine Spinne gefunden. Die Gattung stand demnach noch nicht fest. Ein unbekanntes Insekt hatte einen 19 Jahre alte Lidl-Mitarbeiter am Freitagvormittag beim Umpacken von Bananen in der Obstabteilung in die Hand gebissen. Der junge Mann arbeitete zwar zunächst weiter, da aber seine Hand anschwoll, brachte der Rettungsdienst ihn in ein Krankenhaus, wo er weiter beobachtet wurde. Anhand der aufgetretenen Symptome könnte es sich sowohl um den Biss einer Spinne, als auch den Stich eines Skorpions handeln. Die Feuerwehr machte sich im Vollschutz und unter Einsatz einer Wärmebildkamera in der Obstabteilung auf die Suche nach dem Tier,

konnte es dort aber nicht orten. Auch eine sich anschließende Durchsuchung des gesamten Marktes förderte das Insekt nicht zutage. Zwischenzeitlich wurde seitens der Marktleitung eine Schädlingsbekämpfungsfirma eingeschalten, die die Filiale nochmals absuchte. Parallel fand die Entsorgung des angebotenen Obst- und Gemüsesortiments statt, so dass der Markt danach mutmaßlich wieder geöffnet werden konnte. Die Feuerwehr Kornwestheim rückte mit 25 Wehrleuten und fünf Fahrzeugen aus, der Rettungsdienst war mit drei Rettungskräften und einem Fahrzeug vor Ort. Die Aachener Zeitung meldete im September 2013 ebenfalls einen "Gruselfund"! Ein nicht alltäglicher Notruf erreichte am Mittwochabend die Feuerwehr Alsdorf: Eine Anruferin teilte mit, dass sie in einer gerade gekauften Bananentüte eine große exotische Spinne entdeckt habe. Wie sich herausstellte, handelte es sich um eine alles andere als harmlose Sorte.
So rückten zwei Kräfte der Wehr zur „Spinnenjagd" in den Mühlenweg aus. Vor Ort konnte der ehrenamtlich aktive Feuerwehrmann und Hobby-Arachnologe Adolf Skok das Tier in ein mitgeführtes Behältnis einfangen und als eine sogenannte Phoneutria identifizieren, auch bekannt als Bananenspinne oder brasilianische Wanderspinne, das war ihm ja bereits bekannt. Mit dieser Erkenntnis erwuchs der zunächst harmlos scheinende Einsatz zu einem größeren Unternehmen. Nach Eingang der Meldung in der Feuer- und Rettungswache versuchte man über die Leitstelle verschiedene Tierheime und

sonstige Einrichtungen zu erreichen, die das etwa vier Zentimeter große Tier in Obhut nehmen könnten. Erfolglos.
In Ermangelung einer artgerechten Unterbringung sollte die Spinne am Donnerstag zur weiteren Betreuung an Adolf Skok übergeben werden. Am frühen Morgen stellten die Feuerwehrleute jedoch fest, dass ihr Findeltier regungslos in seiner „Notunterkunft" lag. Die Spinne war noch in der Nacht gestorben.
Er hatte ganz fest beschlossen nur noch heimische Äpfel und Birnen auf seinen Speiseplan zu setzen, allerdings half der Entschluss nicht dabei, dass das plötzliche Jucken und Kratzen auf seiner Haut aufhörte. Jeder kleine Schatten erweckte in ihm den Verdacht, dass dieser eine Spinne sei. Er hoffte, dass sich das wieder im Laufe des Abends verlieren würde, hoffte aber spätestens auf Morgen!

****

Es war mittlerweile Ende Januar.
Er erinnerte sich an den "um die Ecke-Bremser", der ihn vor nicht so langer Zeit fast um den Verstand brachte. Hatte er diesem vielleicht Unrecht getan? Unter wiwo.de las er, dass der japanische Automobilkonzern Honda in den USA 344.000 Minivans vom Typ Odyssey zurück rufen musste, die 2007 und 2008 gebaut wurden. Grund war, dass Fahrzeuge plötzlich und unerwartet bremsen könnten. Es handelte sich um ein Software- und Hardware-Problem, teilte

Honda mit. Ein Sensor müsse ersetzt werden, um das plötzliche Bremsen zu verhindern. Das Ersatzteil stehe aber erst im kommenden Jahr zur Verfügung. Über Unfälle durch die Fehlfunktion sei nichts bekannt. Vielleicht hatte der "um die Ecke-Bremser" ja auch so ein Problem, glaubte aber mal wieder nicht so richtig daran.

Da selbst BMW weltweit 176.000 Fahrzeuge in die Werkstätten zurück rufen musste aufgrund möglicher Probleme mit den Bremsen, war das jedoch gar nicht mehr so abwägig. Anscheinend sind Bremsprobleme bei Autos gar keine Seltenheit. Betroffen bei BMW seien Pkws der Modelljahre 2012 bis 2014, die mit Zweiliter-Vierzylinder-Motoren mit Benzinantrieb ausgestattet waren. In Deutschland sollten 6.841 Fahrzeuge zurückgerufen werden. Bei Diesel-Fahrzeugen seien dagegen keine Probleme aufgetreten. Toyota hatte ganz andere Probleme. Der japanische Autoriese musste rund 900.000 Autos wegen möglicher Sicherheitsprobleme in die Werkstätten zurück rufen. Allein in den USA waren rund 803.000 Fahrzeuge der Modelle Camry, Camry Hybrid, Avalon, Avalon Hybrid, und Venza betroffen, wie Toyota USA mitteilte. Grund für den freiwilligen Rückruf: Aus der Klimaanlage könne Wasser auf Airbag-Kontrollmodule sickern. „Unter besonderen Umständen könnten die Airbags deaktiviert oder ausgelöst werden", heißt es in der Mitteilung. In einigen Fällen könne auch die Servolenkung ausfallen. Der japanische Autobauer Honda Motor rief in mehreren Ländern insgesamt 405.000 Fahrzeuge wegen Problemen mit den

Airbags zurück. Honda erklärte, eine Fehlfunktion des Computerchips könne dazu führen, dass sich Fahrer- oder Beifahrer-Airbag versehentlich füllten. Bislang gibt es keine Berichte über Unfälle wegen des Problems. Allerdings sei es in mehreren Fällen zu Verletzungen durch das plötzliche Aufpoppen der Airbags gekommen, las er weiter.
Der japanische Autohersteller Suzuki musste nach Angaben von US-Behörden fast 194.000 Fahrzeuge wegen Problemen mit dem Airbag zurück rufen. Ausgerechnet die A-Klasse: Nach dem Rückruf des Transporters Citan musste Daimler nun auch seinen großen Hoffnungsträger wegen Sicherheitsbedenken zurück in die Werkstatt beordern. Grund waren Probleme mit dem Beifahrer-Airbag des Kompaktwagens, wie ein Daimler-Sprecher sagte. Die Perforation für den Beifahrer-Airbag sei fehlerhaft verarbeitet, so dass sich der Luftsack bei einem Unfall nicht richtig verteilen könnte. Kunden seien aber noch nicht zu Schaden gekommen, betonte er. „Der Airbag wird sich auf jeden Fall entfalten", sagte er. Offen sei allerdings, wie. Wow, was war das denn für eine Aussage "Offen sei allerdings wie", das war ja wie "Der Fallschirm wird sich schon öffnen, wir wissen bloß nicht wie und wann. Vielleicht öffnet er sich nur ein Viertel oder schon vor dem Absprung oder eventuell durch den Aufprall."
Wie lange baute die Menschheit eigentlich schon Autos?

****

Wider seinen Gewohnheiten schalte er das Radio ein auf seiner morgendlichen Fahrt. Das tat er sonst fast nie. Es gab schon diverse Sender, die er ab und zu gerne hörte, dazu zählte Bayern 2. Das war noch ein Wortradio. Hier gab es Beiträge, die auch ihn interessieren aber auch Musik, die sich schön von den meisten aktuellen Sendern abhob. Die aktuellen Sender bedienten sich seiner Meinung nach zweier CDs, die Sie im "Randomverfahren" täglich und pausenlos abspielten. Ein musikalisch breites Spektrum konnte er nicht erkennen. Dazu hatten sich die Radiosender, ähnlich dem Fernsehen, mit Komödianten als Radiosprecher bedient, die nun ihre Flachwitze und Dummsprüche in das geistig unterernährte Land pusteten. Es gelang ihnen sogar eine große Zuhörerschaft für sich zu gewinnen, was ihn nicht mehr groß wunderte. Er mochte die Musik und die Vielseitigkeit dieser. Es ging ihm mit Verlaub "auf die Eier", wenn er pausenlos die gleiche Musik hören musste. In jedem Fall hat er sich nicht eingeigelt in irgendwelche Genres die ihm nur erlaubten die immer gleiche Stilrichtung zu hören. Er mochte auch die neue aktuelle Musik und fand, dass es auch heutzutage noch super kreative Köpfe im Musikbusiness gab. Es gab wirklich ganz viele tolle Titel, nur wurden eben diese seiner Meinung nach in den Radiostationen totgespielt. Vielleicht waren es doch zu wenige, warum sonst musste immer das Gleiche gespielt werden. Es gab Zeiten da hörte er "Rete Uno", ein italienischer Sender. Er verstand zwar nix, doch es machte sich bei ihm sofort ein Urlaubsgefühl breit und er

verstand zumindest den eventuellen Schwachsinn des Radiosprechers nicht. Zudem wurden in Italien auch manche andere Lieder gespielt. In seiner Jugend hatte er sich nie vorstellen können einmal SWR1 zu hören, doch mittlerweile war es durchaus eine Alternative geworden, zu Bayern 2, "Rete Uno" und dem Deutschlandfunk. Einen für ihn natürlichen "Cut" machte es noch bei SWR4. Hier wuchs ihm gefühlmäßig ein langer Bart und die wenigen Haare die er noch hatte, schienen ihm zumindest gedanklich noch ganz auszufallen. Er hatte eigentlich nichts gegen Volksmusik und Schlager, bloß in dieser geballten Dosis war es nach kurzer Zeit meist zu viel für ihn.
Mittlerweile zierten Fastnachtsbändel die Straßen. Leider konnte er auch fast nichts mit Fastnacht anfangen. Es war eine aussichtslose Lage für ihn bezüglich der Leichtigkeit und Lustigkeit, die man an diesen Tagen zu Tage förderte. Ihm gelang es bei diesen Veranstaltungen fast nie, so lustig und leicht zu sein um ein ähnliches Nirvana zu erreichen.
Bezüglich der "immer gleichen Songs" erfuhr er über "wikipedia", dass in der Vergangenheit des öfteren Skandale an die Öffentlichkeit gelangten, bei denen Redakteure und Programmverantwortliche sich für die Aufnahme bestimmter Titel in die Rotation bezahlen ließen. Rotation war eine Maßangabe für die Häufigkeit der Einsätze eines Musikstücks in Hörfunk und Musikfernsehen im Rahmen des Airplay. Airplay war ein Fachausdruck aus der Musikindustrie für das Abspielen eines bespielten Tonträgers im Hörfunk oder eines Musikvideos im Fernsehen.

Das einzelne Spielen eines Songs wird dabei auch als *Spin* bezeichnet. Im Englischen spricht man von „light rotation", wenn ein Song 5 bis 15 Mal pro Woche auf einem Sender abgespielt wird, von „medium rotation" bei 10 bis 20 Einsätzen und darüber von „heavy rotation". Der deutsche Musiksender VIVA, der radioähnliche Sendeformate besitzt, soll so im Jahr 2002 Sendeplätze für Musikvideos in Heavy Rotation für 18.000 Euro pro Video angeboten haben. In den USA waren solche Abkommen mit Gefängnisstrafe bedroht; in Deutschland verstießen sie zumindest gegen das Wettbewerbsrecht. Heavy Rotation bedeutete in den USA, wo es zahllose winzige Regionalsender gabt, die Wiederholung der *Top 40* alle zwei Stunden. In Europa waren etwas vielfältigere (?) bzw. langsamere (!) Rotationen üblich: die Hits werden in der Regel alle vier bis fünf Stunden wiederholt. Der gespielte Titelstock (*Playlist*) eines Popsenders umfasst ca. 500 bis 800 Titel. Laut answers.com gab es alleine auf iTunes 8.000.000 (8 Millionen) verfügbare Titel, das nur zum Thema Vielfalt.....dachte er sich sichtlich bestätigt, in seiner fast generellen Abneigung zu den "üblichen Radiostationen".
Die "Berliner Zeitung berichtete darüber: "Auch wenn der Hörer, der quer durch die Republik die Sender anwählt, nur einen musikalischen Einheitsbrei zu erkennen glaubte, stand hinter jedem Programm ein ausgeklügeltes, exakt auf die jeweilige Zielgruppe zugeschnittenes Format, in dem kein Lied zufällig gespielt wird. Beliebteste Zielgruppe waren wie

beim Fernsehen die 14- bis 49-Jährigen, die bekannteste Sender-Ausrichtung waren demnach ein Mainstream-Mix, der aus einem Querschnitt durch die Charts besteht, gemischt mit Evergreens von den Rolling Stones über Dire Straits und Pink Floyd bis zu Nirwana. Da dieses Format den größten Zuschaueranteil und damit die meisten Werbegelder verspricht, wollen es auch möglichst viele Sender spielen. "Im Grunde wurde also immer der gleiche Grundstock an Liedern gespielt", sagt Yaman (Radioberater von mehreren Privatsendern). Je enger der Markt, desto mehr konzentrieren sich die Sender auf Songs, deren Beliebtheit beim Hörer feststeht. Im umkämpften Radiomarkt Berlin etwa, gibt es Sender, die mit 300 Liedern im Archiv auskommen. Wichtiger als ein großes Repertoire war, welche Songs wie oft und in welcher Reihenfolge gespielt werden. An dieser Stelle war das Wissen der Musikberater gefragt. Da die durchschnittliche Verweildauer des Hörers bei einem Sender nur 20 Minuten beträgt, ist oberstes Prinzip, dass in dieser Zeit alle im Sender vertretenen Genres vorkommen müssen: Bei einem Mainstream-Programm heißt das: 80er, 90er, Aktuelles, Schmusesong, Rockhit, 80er, 90er. - die komplette Rotation. "Mehr als zwei Balladen pro Stunde zum Beispiel wären tödlich", sagt Yaman. Andere Sender spielen gern zwei oder drei Titel mit der gleichen Grundstimmung hintereinander, um sich ein spezielles Image zu geben: Wer etwa zwei Rocksongs in Folge spielte, galt als "Rocksender". Wer wie "104.6 RTL" jede volle Musikstunde mit einem Mega-

Hit einleitete, war auf das Hit-Image abonniert, und wer wie Radio Energy aktuelle Hits zehn Mal oder mehr pro Tag spielte, zielte auf die Hörer, die stets das Neueste hören wollten. Doch auch hier kommt es auf die Musikreihenfolge an, mit der sich das jeweilige Profil am besten erreichen lässt - bis zu 3.000 Euro monatlich zahlen die Sender dafür an Radioberater, was immer noch deutlich billiger war, als eigene Musikredakteure zu beschäftigen. Während öffentlich-rechtliche Sender und große Privatradios es noch als Prestigefrage ansehen, sich eigene Musikredaktionen zu leisten, bezogen besonders kleine und mittlere Privatsender ihre Musiklisten von außerhalb. Öffentlich mögen jedoch die wenigsten zugeben, dass sie einen Teil des Programms auslagern. "Das ist ein echtes Politikum", erklärt Yaman, der unter anderem für Radiosender in Norddeutschland tätig war und das auch jetzt noch sein mag. Andere Sender wie das Berliner "Spree-Radio", räumten die Existenz eines Radioberaters zwar ein, verwiesen jedoch vehement auf ihre "Musikredaktion", die "für die Fein-Abstimmung mit Werbung und redaktionellen Beiträgen" zuständig sei, so Geschäftsführer Christian Ziegler. Im Juli dieses Jahres hatte "Spree-Radio" sein Format auf "Oldies" umgestellt und dafür einen Berater engagiert. Einige Musikberater - wie etwa das Berliner Unternehmen "Radiotainment" - bot auch Marktforschung an, um Musikkonzepte und Lieder auf ihre Massentauglichkeit zu testen. In dem heftig umkämpften Markt vertrauten die Sender immer weniger dem Musikgeschmack

Einzelner und immer mehr der anonymen Datenanalyse. In so genannten "Auditorien" werden Gruppen von 50 bis 100 Leuten Lieder vorgespielt, für die sie dann wie in der Schule Noten verteilen müssen: "Wer keine Eins kriegt, fliegt raus", sagt Yaman. Daneben werden zufällig ausgesuchten Hörern am Telefon Titel vorgespielt. Solche Tests, für die große Radiostationen wie RTL in Berlin bis zu 2.000 Menschen befragt, wurden wöchentlich durchgeführt; die Ergebnisse wirkten sich direkt auf die Musiklisten aus. Spielen, was gekauft wird. So reproduziert sich das System selbst: Gespielt wird nur, was auch gehört oder als CD gekauft wird. Erfolge wie der von "Liquido" ("Narcotic") sind dem permanenten Marktforschungsprozess geschuldet: Zuerst dümpelte das Lied vor sich hin, dann bekam es positive Marktforschungswerte und machte einen Riesensprung. Auch Superstar Lenny Kravitz kam erst auf die Musiklisten, als das Publikum, begeistert vom Peugeot-Werbespot, lautstark danach verlangte. Zukünftig würde er zumindest keine "Normalformatradios" mehr einschalten und hoffte, dass endlich jemand dazu aufrufen würde, zu einer bestimmten Zeit an einem bestimmten Wochentag diese Radios mit "Nichterhören" zu strafen.

****

Es war der erste Februar. Morgens schien schon die Sonne und vermittelte eher einmal mehr Frühlingsgefühle als den Winterblues. Natürlich

war es noch kalt draußen, aber trotz allem schien
es weiter in die richtige Richtung zu gehen. Heute
wollte er ein Gebrauchtwagenhandel besuchen,
nicht weil er ein neues Auto kaufen wollte,
sondern eher um zu sehen, welche farblichen
Angebote zu Verfügung standen. Silber, schwarz
blau, rot, blau, schwarz, schwarz, silber, silber,
schwarz, schwarz, schwarz, grau, blau, rot,
schwarz, blau, weiß, silber, blau, orange (ein
Smart), schwarz, blau, grau, silber, grau, grau,
grün, grün, blau, blau, silber, rot, weiß, rot,
schwarz, rot, weiß, silber, schwarz, gelb, grau,
grün, braun (ein alter Ford Consul mit zerrissenen
Autositzen und abgeblättertem Lack), blau,
schwarz, silber, silber, weiß, weiß, weiß, silber,
blau, blau, silber, schwarz, schwarz, grau,
schwarz, silber, grau, blau, weiß, grün, weiß,
weiß, schwarz, blau, schwarz, schwarz, blau,
silber, silber, blau, schwarz, grau, weiß, schwarz,
schwarz, grün, weiß, blau, grau, rot, silber, weiß,
schwarz, blau, blau, weiß, schwarz, blau, grau,
silber, blau, grau und blau war das Ergebnis. Es
gab also auch hier nicht die erhofften
ausgemusterten Farben wie Gelb, Grün, Lila,
Beige, Rosa, Bordeaux-Violett, Blaulila, Purpur,
Gelboliv, Kupferbraun, Gold Elfenbein oder
Braun in einer höheren Anzahl. Diese Farben
kamen bei den Autos praktisch nicht vor. An den
Hängen, die die Sonnenstrahlen schon erreicht
hatten war der nächtliche Reif schon abgetaut, im
Schatten hielt er sich noch. Dazu hielt sich auf
manchen Dächern noch das bisschen Schnee der
Vortage während die anderen in ihren
ursprünglichen Farben zu sehen waren. Übrigens

hatte er sich heute eine Dattelpalme gekauft. Er musste sich dabei überwinden, nicht jedes Blatt und den Stamm wie auch die Erde nach irgendwelchen Spinnentieren vorab zu untersuchen. Er kämpfte durch seinen Unterlass erfolgreich gegen eine möglich aufkommende Phobie an, erfolgreich wie er meinte!

"Gedankliche Aufzeichnung 10"

Grau-Silber: IIIIIIIIIIIIIIIIIIIIIIIII
Blau: IIIIIIIIIIIIIIIIII
Weiß: IIIIIIIIII
Grün: IIII
Gelb: I
Rot: IIIII
Schwarz: IIIIIIIIIIIIIIIIIII
Braun: I
Orange:I

Das Grau siegte mal wieder, wie meistens. Es wurde Zeit diese "Farbe" zu analysieren. Colours-Moments -Feelings- hieß es in großen geschwungenen Lettern auf der Homepage, http://www.mara-thoene.de, von Mara Thöne. Dort stand zu der "Farbe" Grau - die Farbe der Neutralität, der Unbezwingbarkeit und der Erneuerung.
Grau symbolisierte ferner Würde und Weisheit. Grau stand für den Übergang zwischen Bekanntem und Unbekanntem.
Die Farbe Grau konnte als elegant, langweilig, sachlich, schlicht oder auch nur als neutral gelten. Als unbunte Farbe hatte sie trotzdem viele

Zwischentöne wie asch-, beton-, maus-, rauch-, schiefer-, silber-, tauben- oder zementgrau.
In der Fotografie wurden Grautöne auch als Halbtöne bezeichnet. Neutralgrau war demnach alles, was dunkler als Weiß und heller als Schwarz ist. Grau hat den Vorteil, dass man nicht jeden Dreck sieht. Das war vielleicht die Erklärung. Damit man nicht jeden Dreck sieht! Hatte sich die Autoindustrie dabei doch was gedacht!
Aber Grau war doch auch die "Farbe", laut der Mara Thöne Homepage, die auf die Mischung von Licht und Finsternis verwies und den Toten verbunden war.
Geister wurden auf Kunstwerken oft in grau dargestellt, wohl weil sie sich in einem Zustand zwischen Leben (weiß) und Tod (schwarz) befanden. Grau wurde oftmals als langweilige Farbe angesehen. Grau ist die typische "Farbe" des Schattens in seiner Bedeutung als das Unbewusste.
Über die tatsächlichen Eigenschaften dieser Farbe lässt sich demnach streiten; im Allgemeinen werden Demut und Fürsorge mit ihr assoziiert. Farben.avanova.at wusste zu der unbunten "Farbe" folgendes:" Der Eindruck von Grau entsteht für unser Auge auch dann, wenn zu wenig Licht vorhanden ist um Farbtöne auszumachen. Daher sind nachts alle Katzen grau. Die "graue Maus" ist für gewöhnlich ein absolut unauffälliger Mensch, der sich nicht ins Rampenlicht stellt (und selbst wenn, trotzdem übersehen wird). Die graue Eminenz hingegen ist so etwas wie der geheime Drahtzieher im

Hintergrund. Graue Eminenzen wollen nicht gesehen werden und Paranoiker sehen überall dort irgendwelche Hintermänner, wo keine sind. Der graue Alltag hingegen ist dann eingetreten, wenn wir keinerlei Abwechslung mehr im Leben haben, weder Freud noch Leid. Die Farbe Grau vermittelt Seriosität und Pünktlichkeit. Ordnung. Allerdings eben auch Langeweile, weshalb wir sie gerne mit anderen Farben kombinieren. Glücklicherweise ist Grau offen für jede Kombination.
Vielleicht wusste das die Autoindustrie nicht, dass Grau für jede Kombination offen wäre, würde man das nur mal ausprobieren!

****

Er hatte seinen Zug verpasst. Nicht dass dieser vor seiner Nase weggefahren wäre. Er hatte schlichtweg sein Zeitmanagement nicht unter Kontrolle gebracht. Sicher fuhr auch noch später ein Zug, aber sein ursprüngliches Vorhaben sah er jetzt schon als gescheitert an. Nachdem er sich gleichermaßen zum Frühstück und Mittagessen ein Hirschsteak gebraten hatte, ganz ohne weitere Kohlenhydrate, setzte er sich in das Auto und fuhr los, einfach der Nase nach. Auf den sonntäglichen Straßen herrschte noch wenig Verkehr. Die Sonne steckte schon wieder mitten in dem Kampf gegen die Wolken. Rechts der Straße war der Sonnenhang schneefrei, auf der anderen Hügelseite lag noch das bisschen "Geschneite" der letzten Tagen. Es waren ein paar Fahrradfahrer unterwegs und Inlineskater,

was doch recht ungewöhnlich für Anfang Februar war. Und ja, er hatte das Radio aus!
Es gab Menschen, die konnten scheinbar Stille nicht ertragen und schalteten bei jeder Gelegenheit das Radio an. Egal ob im Auto, im Bad, in der Küche oder sonst wo, irgendwo musste was "dudeln". Er war da anders. Er genoss die Ruhe bzw. die Geräusche, die um ihn herum entstanden. Er liebe auch das Geräusch des Fahrtwindes, des Regens der auf ein Dach plätscherte und besonders liebte er es an Autobahnraststätten anzuhalten, das Fenster leicht geöffnet, um die Geräusche der vorbei rasenden Autos akustisch aufzunehmen. Er liebte dieses Gefühl. Links von ihm schlängelte sich die Donau der Straße entlang, verziert mit 4 Schwäne. Die Felder, die er nun rechts und links sah, waren gelblich-grün, grasgrün und manche natürlich auch erdbraun. Konsequent verfolgte die Sonne seine Fahrt und schien ein bisschen durch den linken oberen Teil der linken vorderen Fensterscheibe. Die leichten Schneefelder kamen nun auch rechts näher in Richtung der Straße. Dreißig Kilometer von seinem Abfahrtort entfernt, hatte es wohl doch mehr geschneit in den letzten Tagen und Wochen, denn nun war links und rechts der Schnee flächig zu sehen. Langsam überlegte er, ob es doch richtig war das Haus mit Turnschuhen zu verlassen. Nachdem er den Zug verpasst hatte, machte er für sich zwei Möglichkeiten aus, um diesen Tag zu gestalten. Die eine war ein mehrstündiger Saunagang, die andere das was er gerade tat. Er war auf der Fahrt

um anschließend zu wandern, mit Turnschuhen und das im Februar!

Nun ja, er wollte sich keine weiteren Gedanken darüber machen, denn er war ja flexibel. Kaffee trinken konnte man auch mit Turnschuhen, das Restprogramm musste dann halt spärlicher ausfallen. Als Optimist sagte er sich dass wenigstens die Straßen frei wären, aber das konnte man ja auch verlangen so gegen 13 Uhr mittags.

Er war im Schwarzwald gelandet und durchfuhr die ersten Serpentinen mit sichtlichem Spaß. Normal hätte er jetzt keine Ahnung mehr, wo er sich momentan befand, doch in weiser Voraussicht hatte er seinen Navi miteingepackt. So fuhr er und fuhr er, denn er hatte ja Zeit und zur Sicherheit ein Navigationsgerät.

Da er allein auf der Straße war verringerte er sein Tempo, um die Landschaft besser genießen zu können. Er fand es immer spannend einfach loszufahren, ohne konkretes Ziel und ohne nähere Kenntnis. Er erwartete nichts und wurde doch immer wieder mit zumeist schönen Dingen überrascht. So etwa konnte er erahnen, warum es Wintersporttourismus gab. Eine schneebedeckte Landschaft konnte doch recht schön sein. Sein gerade erwachtes Hochgefühl bezüglich Winterlandschaften machte ein Rabe zunichte, denn dieser flog geradewegs, nein eher seitlich von rechts kommend, in die Frontpartie seines Autos. Er wusste nicht ob er ihn tatsächlich erwischt hatte oder nicht. Es waren noch 8 Kilometer bis zu seinem nun ausgemachten Ziel.

"Turnschuhe Du Held"!, dachte er so bei sich als er links und rechts der Straße die schneebedeckten Feld- und Wanderwege sah.
Die nächsten Serpentinen lenkten ihn erneut ab. Nun fuhr er zum ersten Mal in gleicher Höhe mit einigen Baumwipfeln. Der Höhenmesser des Navis "beschleunigte" zusehens. Er vermutete jetzt, dass es fast ähnlich dumm war mit Turnschuhen im Februar und im Schwarzwald unterwegs zu sein.......um zu wandern, wie ein Mundschutz (Hygienemasken) in einem Luftkurort zu tragen, wie es einige Japaner in seiner Heimat taten.
Nachdem er sein Auto abgestellt und verlassen hatte, bewegte er sich auf den Schluchsee zu. Das Wasser erschien ihm anthrazitfarben zu sein. An den Spuren im Schnee erkannte er, dass bis jetzt höchstens 3 oder 4 Menschen diesen Platz aufgesucht hatten. Das Wasser, das leicht in Bewegung war, umspülte die Steine am Ufer. Dieses dadurch entstehende Geräusch veranlasste ihn sich auf einen Stein zu setzen, um einfach mal in sich zu kehren und dem angenehmen Geräusch zu lauschen. Der Wind blies ihm kalt in das Gesicht und innerlich hatte er schon beschlossen diesen Platz bald wieder zu verlassen. Zuvor noch stieg er auf einen zirka 1 Meter hohen Stein, wie es wohl alle Kinder bei solch einer Gelegenheit ebenfalls tun würden, verbesserte seine Aussicht dadurch natürlich nicht und vermutete das solch ein "Besteigen" schlichtweg zur Natur eines jeden Menschen gehörte und erst im hohen Alter vielleicht nachlassen würde. Ein paar Enten dümpelten im Wasser herum. "Die Brandung"

war es allerdings, was ihn doch noch ein bisschen an diesem Ort verweilen lies. Er suchte sich den nächsthöheren Stein, bestieg ihn, atmete tief, mit geschlossenen Augen, durch und war gedanklich für einige Minuten schlichtweg weg. Insgesamt war es doch eine herrliche Ruhe und er verlängerte seinen Aufenthalt erneut indem er ca. 50 Meter weiter einen anderen Stein erklomm. Er stellte sich bewusst mit dem Gesicht in den Wind und lauschte erneut. Nur das Wasser und aus der Ferne fahrende Autos und ein paar Vögel waren zu hören. Ansonsten bestach dieser Platz mit einer unheimlichen Ruhe, die es wohl so im Sommer hier nicht gab. Er hatte immer noch das Verlangen tief ein- und auszuatmen und kam diesem auch nach. Nur sein kleiner Entdeckergeist trieb ihn schließlich fort von diesem Platz. Er wollte noch ein bisschen weiter fahren, um das eine- oder andere Schöne erleben zu dürfen. Es war ihm nun so, nachdem er das Gesicht so lange in den Wind gehalten hatte, als ob man ihm eine Packung Eiskonfekt minutenlang auf die Stirn gedrückt hatte. Einige Hunde- und Skisteckenbesitzer (Nordic Walking Stöcke) kreuzten seinen Rückweg. Nach dem Mittagsessen hatten sich wohl einige zu einem Verdauungsspaziergang aufgemacht. Am Auto zurück angekommen, erinnerte er sich wieder an den suizidgefährdeten Vogel, konnte aber an und auf seinem Grill keine Spuren eines frühzeitigen Ablebens finden.

Langsam öffnete sich die Wolkendecke, es trat ein schönen Blau hervor und die Sonne stieß ebenfalls durch eines der Löcher, wenn auch nur für ein paar kurze Momente. Wie oft reiste man lange, um sich ein paar Minuten an einem Bergsee in Richtung Italien oder anderswo zu ergötzen, fragte er sich. Es gab doch so viel Schönes auch im Umland, stellte er abschließend fest. Er entschied sich auf seiner Weiterfahrt für einen Kaffee und wollte an seinem nächsten "Ziel" danach Ausschau halten. Er überlegte sich warum bei seinen ungeplanten nahezu spontanen Aktion die Zeit so langsam verstrich. Er war gerade erst eine Stunde hier, am Schluchsee, und irgendwie kam es ihm schon fast wie eine Ewigkeit vor. Auf den Verkehrsschildern las er zumeist ihm bekannte Ortsnamen, von Orten, die er allerdings allesamt noch nie besucht hatte. Es waren nur ein paar Kilometer Distanz zwischen ihm und hier!

Er musste feststellen, dass er sich an manchen Plätzen Italiens besser auskannte, als hier. "Es ist eigentlich eine Schande", sagte er zu sich selber. Mit seinem Fahrzeug fuhr er nun wieder in Richtung Heimat, allerdings vorerst nur in die Richtung. Er wollte dem Schluchsee so lange wie möglich folgen, um noch das ein- oder andere Panorama genießen zu können. Sein Kopf bewegte sich von links nach rechts und von rechts nach links, wie bei einem guten Tennisspiel und die Landschaft tat ihm den Gefallen, sie ansehen zu dürfen. Er pilgerte nun, via Automobil, in Richtung Titisee. Das war vielleicht immer ein bisschen das Problem seiner Reisen, dass er spezielle Sehenswürdigkeiten oder zum Beispiel ein Cafe am See nicht finden würde, da er meist völlig unvorbereitet zu seinen Trips aufbrach.

"Man könnte so etwas ja auch mal koppeln", dachte er. Im Zeitalter des PCs und "world wide web" war das kein allzu großes Problem mehr. Einige Lifte waren in Betrieb, wie er sah, und die Menschen beschäftigten sich damit den Hang herunter zu fahren, um ihn anschließend wieder, zumeist mechanisch, zu besteigen. Er genoss es nun um so mehr durch den Schwarzwald zu fahren, eine Alternative für ihn war das Skifahren nicht und auch zu keiner Zeit gewesen. Von seinen Eltern hatte er als Kind tolle Skier bekommen, nämlich die schwarzen Blizzard Firebird, doch ein Skifahrer wurde er nie. Irgendwann ließ er die Skier bei einem seiner Kumpel stehen und vermisste sie seitdem nicht mehr. Optisch waren die echt klasse! Zwischenzeitlich wurde sein Mund furchtbar trocken und er sehnte sich richtig nach einem Kaffee und einem kleinen Stückchen Kuchen, am besten stilecht eine Schwarzwälder Kirschtorte. Seine Füße waren warm, das war eine positive Erkenntnis für ihn. Und irgendwie freute er sich jetzt auch auf ein spätabendliches Bad. Auch der Mittagsschlaf meldete sich an, als er von oben herab den Titisee sah. An weiten Flächen und an seinen Rändern sah er vereist aus und war darauf auch schneebedeckt. Es kam ihm sehr seltsam vor, dass er den See links von ihm nicht erreichen konnte, es gab keine Möglichkeit um abzubiegen. Er räumte ein, geologisch schmerzvoll für ihn, dass es sich hierbei vielleicht noch gar nicht um den Titisee handeln könnte. Den See hinter sich lassend konnte er dann doch links abbiegen, umfuhr quasi den See inklusive der halben

Ortschaft um dann darin anzukommen. Schande über mich, dachte er erneut! In diesem Städtchen war erheblich mehr los. Es hatten viele Geschäfte geöffnet. Es tummelte sich eine recht große Anzahl Menschen, verschiedener Nationen, auf den Wegen Titisees. Das war nun das genau richtige für ihn, jetzt konnte er sogar noch ein bisschen flanieren gehen, sofern er jemals einen Parkplatz finden würde. Privatparkplätze gab es anscheinend genug! Schließlich fand er nach einer Durchquerung des Ortes letztlich am Bahnhof noch einen gebührenpflichtigen Platz. Irgendwie war hier noch eine Weihnachtsstimmung zu spüren gepaart mit dem "Flaniergehabe" der Menschen, ähnlich wie in Davos, Samnauen oder ähnlichen exklusiveren Plätzen. Es war einfach schön!
Er schaffte es dann tatsächlich in kürzester Zeit in einem "typischen Schwarzwaldladen" 40 Euro liegen zu lassen. Schwarzwälder Schinken, Schwarzwälder Speck, Schwarzwälder Honig und ein mehrteiliges Geburtstagsgeschenk, das allerdings traf sich gut aufgrund eines gewissen Zeitdrucks bezüglich der Besorgung.
Er fand auch ein Cafe "mit Schaufenster", Cappuchino und einer Schwarzwälder Kirschtorte. Draußen wühlten Kinder in den Schneehaufen, vereinzelt sah man Leute sogar ein Eis essen, ansonsten hatte fast jeder wenigstens eine Kleinigkeit beim Bummeln erhascht. Jetzt fiel ihm ein, dass er das Brot zum Speck vergessen hatte und wollte den Kauf eines Schwarzwälder Brotes später nachholen. Weder Cappuchino noch Kirschtorte überzeugten ihn

wirklich, beides war nicht schlecht, aber eben auch kein Hit. Er hoffte, dass Speck und Co. dem berühmten Namen "Schwarzwälder" auch wirklich gerecht wurden.

Für den Verkauf im EU-Raum muss der Schinken im Schwarzwald hergestellt, geschnitten und verpackt sein. Das Fleisch der Schweine stammte allerdings zum größten Teil aus Norddeutschland und anderen europäischen Staaten. Minutenlang stierte er gedankenlos oder auch gedankenversunken nach draußen, nahm alles wahr, aber ohne es wirklich zur Kenntnis zu nehmen.

"Wie viele Schicksale waren in der kurzen Zeit an den Schaufenstern vorbei gegangen", fragte er sich? Er wusste es nicht. Er sah Menschen mit krummen Rücken, bildschöne, Personen mit verlorenem oder freundlichem Blick, lachende, scheinbar einsame, blasse, dicke, dünne, Personen mit Rollator und grimmig dreinschauende. Doch das waren alles Äußerlichkeiten und diese sagten nichts bis fast gar nichts über ihr Innenleben. Welche dieser Menschen waren es, die mit dem Navi in eine Kirche rasten, die Leute beim lauten Zuschlagen einer Autotüre anzeigten, die das Dschungelcamp anschauten oder andere schlimme Sachen machten oder mit einem leicht schräg versetzen Kick zum Schädel eines Hundes diesen außer Gefecht setzten?

Wer von denen hatte die Kirche angezeigt, weil ihre Glocken zu laut läuteten, wem hatte man bereits eine Billiardkugel aus dem "Arsch" entfernen müssen und wer leidete unter Histaminintoleranz? Man konnte sie nicht erkennen! Sowie ein lachendes Gesicht eine Täuschung sein konnte, so konnte auch ein trauriges einen Goldschatz in sich verbergen. Er würde jetzt die Heimreise antreten, noch ein bisschen die Landschaft genießen und ihm das versprochene Bad einlassen. In seinem Auto überkam ihn ein gewisses Gefühl der Zufriedenheit. Es schien ihm als ob er ruhig und entspannt war. Dieser Ausflug hatte sich doch gelohnt. Nun schaute er auf ein paar einzeln stehende Schwarzwaldhäuser, die fast in den Hang gebaut waren. Es waren schon eigenwillige Häuser, schön eigenwillig, wie er fand. Während er oftmals die Einsamkeit suchte, bevorzugten die Meisten die Geselligkeit. Warum das so war, wusste er nicht. Auch er war gerne gesellig unterwegs, doch er konnte auch gut mit sich selber sein. Vielleicht war es seine Gedankenmaschine, die ihn irgendwie mehr beanspruchte? Vielleicht hatte er auch in seinem letzten Leben die Einsamkeit vermieden. Er konnte sich an sein letztes Leben überhaupt nicht erinnern und war sich auch ziemlich unschlüssig darüber, ob er überhaupt ein letztes Leben hatte. Er konnte nicht aus seiner Haut schlüpfen, das wusste er ja schon lange, doch er hatte Angst, dass er irgendwann einmal "knorrig" enden würde, das wollte er in keinem Fall. Er wollte offen sein für viele Sachen, auch wenn er an den vielen Sachen nicht teil nahm. Nicht teilzunehmen hieß ja nicht teilnahmslos zu sein! Er verstand vieles, glaubte er, kannte viele unterschiedliche Beweggründe für eine Sache, glaubte er, und doch gab es für ihn in vielen

Bereichen keine Initialzündungen, für die eineoder andere Sache. Es kam ihm der heute Morgen verpasste Zug in den Sinn. Wie viel Mal im Leben hatte man sinngemäß den Zug verpasst? Es war vielleicht nicht weiter tragisch, denn der nächste Zug kam bestimmt und doch hatte dieser Umstand die Macht, ein ganzes Leben vollständig zu verändern. Es gab ihn dann ja schließlich nicht, den heute erlebten Tag. Wäre er Zug gefahren, dann hätte sich jedes Erlebte und Gedachte an diesem Tag anders dargestellt. Das Ziel wäre vielleicht ein anderes gewesen, die Zeitabläufe stimmten nicht mehr, Situationen hätten sich komplett verändert und vielleicht wären seine Fußabdrücke im Schnee, die ersten des Tages gewesen und wäre er nicht am Schluchsee "gestrandet", hätte es diese nie gegeben.

Seine Erkenntnis daraus war: das es immer nur einen Weg, nein, einen begehbarer Weg gab und das in jeder Sekunde. In jeder Sekunde gab es einen oder mehrere Abzweige, die nur begangen werden mussten oder auch nicht.

Angenommen er hätte den zweiten Zug genommen, was wäre ihm widerfahren? Besseres, schlechteres? Niemand konnte das sagen, denn es wurde ja nicht erlebt. So vorausschauend wie sein Navi war das Leben nicht, dieses wusste nämlich schon, dass er in 27 Kilometer die zweite Abfahrt eines Kreisverkehrs nehmen musste, um weiter auf der Route nach Hause zu bleiben. Ja, das war sein erklärtes Ziel, die zweite Ausfahrt um anschließend nach Hause zu kommen. Doch zwischen dem Jetzt und den 27 Kilometer, also dem Nachher, lag Strecke und Zeit. Was in dieser Spanne passierte, konnte keiner wissen. Das "Jetzt auf Gleich" war ungewiss. Er versuchte zu lächeln, um die trüb gewordenen Gedanken zu vertreiben oder um die Zufälligkeit des Lebens als gegeben hinzunehmen. Das war die Freiheit und gleichermaßen auch die daraus resultierende Gefahr einer Freiheit verknüpft mit der Endlichkeit ohne Terminvorgabe. Man kannte vielleicht den Weg doch niemals schon die Ereignisse, die einem auf diesem Weg widerfuhren. Jede Sekunde blieb demnach ein Etappenziel, dass erreicht werden musste, um zur nächsten Sekunde zu gelangen. Aber auch selbst wenn es bei ihm keine merkliche Veränderung durch einen Austausch des Tages und dessen Geschehnisse gegeben hätte, würde man es nicht ausschließen können, dass es eine Veränderung in einem oder mehreren anderen Leben deswegen geben würde. Wäre er das Auto mehr auf der Straße gewesen das einem anderen damit zwei oder drei Sekunden mehr kostete, bestünde durchaus die Möglichkeit, vielleicht auch die Wahrscheinlichkeit, das Leben des Fahrers und seiner Beifahrer in einem ungewissen Ausmaß zu veränderte. Er hatte selbst immer wieder das Gefühl, dass das Schicksal in wundersame Weise in sein Leben eingriff. Er ärgert sich manchmal, wenn etwas unvorhersehbares, oftmals banales, eintraf, wie z.B. ein Knoten in seinem Schnürsenkel. Dieser musste zusätzlich geöffnet werden, was einen Tick mehr Zeit in Anspruch nahm wie eingeplant, um dann später zu erkennen, dass eben diese Verzögerung ihm

vielleicht gerade das Leben gerettet hatte. Nur ein paar Sekunden früher aus dem Haus und vielleicht hätte er dem auf der Gegenfahrbahn blind Überholende nicht mehr ausweichen können! Ein Beispiel dafür war auch der Bericht in der Zeitung "derWesten.de". An einem Sonntagnachmittag ging eine SMS einer aufgeregten Kleingärtnerin bei der WAZ-Redaktion in Mülheim ein. Wortlaut: „Bei uns im Garten wurde eine Frau von einem Pfeil angeschossen. Der Pfeil ging ins Bein." In der Tat hatte ein Nachbar in der Kleingartenanlage Rennbahn in Speldorf, in der zunächst große Aufregung herrschte, Bogenschießen geübt, so die Polizei. Für dieses in solcher Umgebung eher ungewöhnliche Freizeitvergnügen, hatte der 72 - jährige eine Zielscheibe, aber keine Absicherung aufgebaut. Das war zumindest grob fahrlässig dachte er, unterstellte dem Bogenschütze aber keine böse Absicht bezüglich dem Fortgang der Geschichte, die da war: Das Training ging daneben, einer der Pfeile verfehlte sein Ziel erheblich und traf die 44-Jährige in den Oberschenkel. Die Frau kam ins Krankenhaus und musste ärztlich behandelt werden, konnte allerdings am frühen Abend bereits wieder entlassen werden.
Die Polizei sprach von einer Verkettung mehrerer unglücklicher Umständen sowie von einem äußerst kuriosen Zwischenfall.
Genau so war das Leben, dachte er!
Hätte die Frau heute Morgen einen Knoten im Schnürsenkel gehabt, wäre sie vielleicht ungeschoren davon gekommen, weil sie die Stelle

den Tick später passiert hätte. Wäre Sie aber just in diesem Moment des "tatsächlichen Treffers" aus ihrer gebückten Haltung in die Normale gewechselt, weil Sie den offenen Schnürsenkel gerade band, wäre sie vielleicht schon ein halbes Jahr tot. Auch Klettverschlüsse an den Schuhen hätten den Ausgang der Aktion in irgendeiner Weise verändert!
In diesem Fall wurde der sichtlich mitgenommene Fehl-Schütze von den Beamten angewiesen, künftig für eine entsprechende Absicherungen zu sorgen.
In Hagen hatten sich fünf Frauen im Alter von 26 bis 49 Jahren eine handfeste Schlägerei um einen freien Parkplatz geliefert. Als eine 49-jährige Autofahrerin vom Innenhof eines Supermarktes ausparken wollte, fühlte sie sich durch den wartenden Wagen einer 34-jährigen behindert. Es kam zum Streit mit gewaltsamen Mitteln zwischen den Kontrahentinnen. Die Fahrerinnen gerieten nach wilden Gesten, laut "derwesten.de", und einem Wortgefecht aneinander, drei Begleiterinnen beteiligten sich an der folgenden Auseinandersetzung auf dem Supermarkt-Parkplatz in der Straße Am Hauptbahnhof. Dabei kratzten, schlugen und zerrten sich die fünf Frauen an den Haaren. Laut Polizei soll eine der Beteiligten zudem versucht haben, sich "mit einem Besenstiel Vorteile zu erkämpfen". Bei dem Streit erlitten die beteiligten Frauen leichte Verletzungen. Gegenüber der herbeigerufenen Polizei beschuldigten sie jeweils die andere Seite, die Konfrontation vom Zaun gebrochen zu haben. Die Polizeibeamten beruhigten das Geschehen

und nahmen die Personalien der Streitenden auf. Allen fünf Frauen drohte eine Anzeige wegen Körperverletzung. Die Ermittlungen dauern, laut dem Bericht, noch an. Es entscheiden Sekunden in Deinem Leben und dabei nicht nur Deine eigenen "Lebenssekunden", jeder Sekunde der Welt war mit allen anderen Sekunden der Welt "verknüpft". Wäre die 34-jährige nur 10 Sekunden später losgefahren, wäre sie vielleicht um die Erfahrungen einer Frauen-Catcherin gekommen.

Es war seiner Überzeugung nach nicht unerheblich und auch nicht uninteressant, ob in diesem Moment in China ein Sack Reis umfallen würde, immerhin konnte auch solch eine Verkettung im alten China irgendwann einmal Einfluss auf sein oder auf ein anderes Leben haben.

Er war nur noch zwanzig Kilometer von dem besagten Kreisverkehr entfernt. Vor ihm verdunkelte sich der Himmel merklich. Nun waren die Flächen wieder grün. Er gähnte sich den Druck aus den Ohren. Es war ein gutes Gefühl etwas getan zu haben! Das wollte ihm vielleicht sein Körper und Geist durch die auftauchende Erschöpfung sagen. Sein Körper presste sich zurück in den Sitz und der Kopf in die Nackenlehne. Der Kreisverkehr war in Sicht. Es blitzten in ihm kurze Gedankenfetzen auf, ohne dass er sie herbeigerufen hatte. Seine Finanzen, der Kauf eines neuen Autos, der nächste Tag, verschiedene Dinge platzten einfach so in seine Kopf. Dann fuhr er in den Kreisverkehr ein, nahm die zweite Ausfahrt und setzte den Rest der Reise fort. Den Blick in die Landschaft hatte er eingestellt, er stierte nur noch voraus in Richtung Straße, um auch noch die letzten Kilometer zu bewältigen.

****

Mittlerweile war der 6. Februar. Die letzten Tage bzw. die ersten Tage des Februars hörte er morgens niemanden, der seine Windschutzscheiben am Auto freikratzte. Das lag sicher nicht daran, dass jeder heutzutage Enteiserspray dafür benutzte, sondern war dem weiterhin milden Winter zu verdanken. Heute Morgen war eine leichte Eisschicht auf der Scheibe seines Autos, die er kurz wegsprayte. Dunkle schwere Wolken hingen am Himmel, durch dessen Löcher allerdings ein schönes Blau dahinter, den Tag ankündigte. Das sah mal wieder gar nicht so schlecht aus und es wurde tatsächlich ein schöner, sonniger, wenn auch nicht warmer Tag. An manchen Häusern waren bei seiner Abfahrt nur die Haustürklingeln beleuchtet, ansonsten sah er schwarz in den Fensterscheiben. Die einzelnen, in denen schon Licht brannte, erinnerten ihn an Weihnachtskalender, bei denen schon ein paar Türchen offen standen. Gelbe Säcke bahrten sich links und rechts der Straßen auf. Er glaubte im Schnitt so ca. 4 Säcke gezählt zu haben. Aus dem Online-Magazin von Greenpeace hatte er erfahren, dass von den gelben Säcken & Tonnen nur etwas mehr als die Hälfte wiederverwertet wurde. Laut dem Magazin war das Recycling der Dosen unproblematisch, weil sich Weißblech mit Magneten sowie Aluminium in einem Wirbelstromabscheider leichter abtrennen lässt. Das Sortieren und Aufbereiten der Kunststoffe war dagegen aufwendig und teuer. Der Begriff „Recycling" war allerdings bei Kunststoffen weit gefasst: Auch die „energetische Verwertung", also das Verbrennen von Plastikmüll, fällt darunter, so Greenpeace weiter.

In Leipzig testeten die Einwohner erfolgreich: die „Gelbe Tonne Plus". In ihr landete nicht nur Verpackungen mit Grünem Punkt, sondern auch solche ohne dieses Symbol, dazu andere Plastikabfälle, Elektrokleingeräte und Metallgegenstände. Seit Testbeginn sammelten die Recyclingunternehmen in Leipzig 70 Prozent mehr Wertstoffe ein, die Zahl der Fehlwürfe sank. Zudem war das System günstiger als die Restmüllentsorgung. Ob es allerdings bundesweit eingeführt werden würde, war dennoch offen. Weil die Deutschen, Anfang der 90er Jahre, nach der Einführung des Grünen Punkts so eifrig Müll trennten, reichten die Recyclingkapazitäten nicht aus, so dass der illegale Export attraktiv war. Damals wurden die gelben Säcke ungeöffnet nach China verschifft. Heutzutage gibt es jedoch hierzulande ausreichend Recyclinganlagen und China hatte den Import von unsortiertem und verdrecktem Plastikabfall verboten. Dennoch landete Plastikmüll nach wie vor im Reich der Mitte – allerdings vorsortiertes Material wie gepresste oder geschredderte PET-Flaschen. Für diesen „Sekundärrohstoff" zahlt China bis zu 400 Euro pro Tonne; er wird eingeschmolzen, zu

neuen Polyesterfäden gesponnen und etwa zu Fleece-Pullis verarbeitet. Mindestens die Hälfte der in Supermärkten zurückgegebenen PET-Pfandflaschen landeten, nach Aussage von Greenpeace, immer noch in Asien. Also könnte es seiner Meinung nach durchaus möglich sein, das einer seiner käuflich erworbenen Fleece-Pullis in seinem letzten Leben auch seine käuflich erworbenen Pfirsich und Zitroneneistee PET-Flaschen waren. Zuerst hatte er für den Eistee bezahlt, dann für dessen Entsorgung, dann für seinen Fleece-Pulli und irgendwann auch für dessen Entsorgung. Er fragte sich spontan, was man aus Fleece-Pullis noch herstellen konnte, um ein fünftes oder sechstes Mal für sein Eistee zu bezahlen?
Auf feelgreen.de erfuhr er, dass PET-Recycling nicht nur die Umwelt schonen würde, denn die Flaschen werden zu trendigen Funktionsjacken oder kuschligen Fleece-Pullovern verarbeitet, das wusste er ja bereits. Auf diese Weise reduziere sich der Müllberg und es würde weniger Erdöl für die Plastikherstellung verbraucht. Na das hörte sich doch gut an, jedoch stand weiter unten: Plastik war für die Umwelt hochproblematisch. Am nützlichsten wäre es natürlich, solche Produkte gänzlich zu meiden. Die größte Sünde bestünde jedoch darin, Plastik einfach in der Umwelt zu entsorgen. Bis zu 240 Millionen Tonnen Kunststoff wurden weltweit pro Jahr produziert. Davon landeten laut NABU (Naturschutzbund Deutschland) mehr als 6,4 Millionen Tonnen im Meer. So drehte sich im Nord-Pazifik bereits seit Jahren ein riesiger

Müllstrudel von der Größe Mitteleuropas, ein zweiter hatte sich im Südwest-Atlantik gebildet. Für viele Meerestiere stellte dieser Müll eine große Bedrohung dar. Meeressäuger verstrickten sich in abgerissenen Fischernetzen, Seevögel erstickten in Plastikringen. Doch nicht nur die größeren Plastikteile waren für die Umwelt gefährlich. Durch Sonneneinstrahlung und Wellenbewegung wurde der Müll in immer kleinere Partikel zerlegt. Diese wurden an den Strand angeschwemmt oder lagerten sich am Meeresboden ab. Außerdem wurden die Plastikteile von Tieren wie Albatros und Eissturmvogel mit Nahrung verwechselt. In der Folge reicherte sich das Plastik im Magen an, da es nicht ausgeschieden werden konnte. Am Ende mussten die Tiere verhungern, da der gesamte Verdauungstrakt verstopft war. Dazu kam, dass sich wasserunlösliche Gifte wie DDT oder Polychlorierte Biphyenyle bevorzugt an der Oberfläche der Plastikteile anreicherte. Diese landeten zusammen mit den sonstigen toxischen Stoffen des Plastiks in der Nahrungskette. Sogar im Plankton wurden bereits Giftstoffe aus Plastik nachgewiesen.
Na das war doch ein glattes Eigentor, ob er überhaupt noch mal einen Eistee zu sich nehmen würde, war von diesem Tage an ungewiss. Joghurt kaufte er schon lange nur noch im Glas! Und jetzt erinnerte er sich auch wieder an so manche Kunststoffflasche, die beim Trinken einfach abknickte, weil sie von der Konsistenz her etwas stärker als Schneckenschleim war.

Der Express.de berichtete am 1. Februar 2014, über eine sagenhafte Idee der Stadt "Essen". Die Stadt wollte demnach Obdachlose mit Bier „bezahlen", wenn die ihren Müll wegräumten. Der Hintergrund war wie folgt: Das Freibier als Belohnung sollte helfen, die Suchtkranken für Hilfsangebote zu gewinnen. Die Stadt Amsterdam wäre seit Jahren ein Beispiel dafür, dass das Konzept „Müll gegen Bier" funktionieren kann. Die Essener mochten nun ab dem Frühjahr einen ähnlichen Feldversuch starten. „Kontrolliertes Trinken ist gerade bei starken Alkoholikern sinnvoll und reduziert die aufgenommene Alkoholmenge", sagt Gerhard Roden (48) von der City-Station der Bonner Caritas. Wer eher Bier als Schnaps trinke, bleibe klarer sowie offener für Beratung und Hilfe. Ein weiterer Vorteil neben einem sauberen Straßenpflaster: Obdachlose hätten eine sinnvolle Beschäftigung, könnten so mehr Struktur in ihren Tagesablauf bringen.

Focus.de wusste zum Thema Müll: Jeden Tag produziert die Weltbevölkerung Schätzungen zufolge rund 3,5 Millionen Tonnen Müll. Wenn sich am Verhalten der Menschen nichts ändert, werden es im Jahr 2100 täglich mehr als 11 Millionen Tonnen feste Abfälle sein, schreiben Forscher um Danicl Hoornweg im Fachjournal „Nature". Der Anstieg der Müllproduktion sei höher als der anderer umweltschädigender Faktoren, Treibhausgase eingeschlossen, hieß es in dem Kommentar. Auf einigen Müllhalden etwa in China, Korea, Brasilien und Mexiko landeten mehr als 10 000 Tonnen Abfälle – täglich.

Zum Ende des Berichts wurde noch folgendes erwähnt: Ein Positivbeispiel sei neben San Francisco die japanische Stadt Kawasaki, in der industrielle Prozesse so verbessert worden seien, dass 565.000 Tonnen Müll pro Jahr vermieden werden. Überhaupt könne Japan ein Vorbild beim Umgang mit Müll sein, schrieben die Autoren. Der durchschnittliche Japaner verursachte demnach ein Drittel weniger Müll als der durchschnittliche Amerikaner – bei ähnlich hohem Bruttoinlandsprodukt. Hoornweg und Kollegen führten das auf kulturelle Normen, aber auch eine dichtere Bevölkerung in den Städten und die hohen Preise für Importgüter zurück.
Gegen Mittag trieb noch eine einzelne Wolke am Himmel, die ihn von der Größe und Geschwindigkeit her, an einen Zeppelin erinnerte. Der heutige Tag war der Todestag von Falco und dem Beach Boys Lead-Gitarristen und Sänger Carl Wilson. Beide waren 1998 am gleichen Tag gestorben. Die Welt hatte schon viele Menschen kommen und gehen gesehen, manche hatten es geschafft nicht ganz "unbekannt" zu bleiben, die Mehrzahl aber starb fast unbekannt und im "kleineren" Kreise.
So blieb es ein paar Menschen vorbehalten, mit ihrem Todestag in den Geschichtsbüchern verewigt zu werden, neben Falco und Wilson waren es unter anderem noch Zsa Zsa Gabor (1917) oder auch Bob Marley (1945) und jeweils pro Tag und Jahr ein paar wenige mehr, die er aber zumeist auch nicht kannte!
Weltweit aber starb innerhalb von knapp 2 Sekunden ein Mensch. Das waren 56,26

Millionen Todesfälle pro Jahr. Eine unvorstellbare Zahl, dachte er und er fand noch ganz viele andere unvorstellbare Zahlen unter globometer.com.
Das machte ihn betroffen und nachdenklich.
Diese Zahl zeigte ihm, dass die "Vergänglichkeit" immer auf der Welt zugegen war und er zählte auf zwei und wusste ab sofort dass innerhalb dieses Zeitraumes ein Mensch starb. Und bei dem nächsten Gedanken den er zu fassen versuchte, waren schon wieder Menschen gestorben, während er dachte!!!! Wann traf es ihn? Wann würde er für einen kurzen, wenn auch anonymen, Auftritt auf globometer.com die nächste Zahl sein dürfen?
Wie wichtig einem doch sein eigenes Leben war und das Leben seiner Nächsten. Doch wer war er schon im Grunde genommen unten den 56,26 Millionen seines "Sterbejahrgangs?"
In jedem Fall hatte er in den letzten Monaten eine Zugfahrt und einen Ausflug in den Schwarzwald gemacht, aber war das nicht ein bisschen wenig für sein einziges Leben, das er hatte?
Sein nächstes Auto sollte nicht grau sein oder silber, nicht weiß oder schwarz, obwohl ihm schwarz eigentlich gefiel. Vielleicht ein gelbes, das ihn jeden Tag an diese Gedanken erinnerte, um nicht gänzlich in dem Alltagsgrau zu versinken.

"Gedankliche Aufzeichnung 11"

Grau-Silber: -
Blau: -
Weiß: -
Grün: -
Gelb: I
Rot: -
Schwarz: -
Braun: -
Orange: -

ENDE

An dieser Stelle möchte ich noch verschiedenen Personen danken!

Meiner Familie
Kerstin Adler & Robert Wagner
(Die "Vorleser" & Lektoren).

Jürgen Lepszy

Geh Tanken !

Aphorismen, geflügelte Worte & Hirnfutter

Meist kürzer als die tägliche Werbung,
doch mit wesentlich mehr Inhalt,
so könnte man das neue Buch von
Jürgen Lepszy beschreiben.

Hier einige Kostproben:

...die Deutschen sind lockerer geworden!
Sie blinken nicht mehr.

...Du willst meine Sprache nicht sprechen?
Dann lerne ich halt Deine.
Ich lerne!!!

...Der Tod liebt das Leben.
Das Leben aber nicht den Tod.

...Organspende:
Das Ohr hört den Aufruf!

...Wanderparkplätze findet man doch immer
wieder an der gleichen Stelle!

... Anti Pasta ist keine Ablehnung.
Es ist nur ohne Nudeln.

Geh Tanken !

erscheint 2016.

Wussten Sie darüber hinaus

...dass ein Pflasterstein keine Heilwirkung hat?

...dass das Morgenrot auch heute
schön sein kann?

...dass ein Land ohne Perspektive
trotzdem schöne Aussichten bieten kann?

... dass die Anziehungskraft Männlein und
Weiblein öfters mal aus zieht?

Wenn nicht, dann wird es Zeit für Sie tanken zu
gehen.

Um grenzenlos denken zu können,

bedarf es dem Vorhandensein von Grenzen.

Welches Wort würde grenzenlos ersetzen,

wenn keine Grenzen vorhanden wären?

Jürgen Lepszy